共和国故事

绿色河山

——全国蓬勃开展全民义务植树运动

李静轩 编写

吉林出版集团股份有限公司

图书在版编目（CIP）数据

绿色河山：全国蓬勃开展全民义务植树运动/李静轩编.—长春：吉林出版集团股份有限公司，2009.12

（共和国故事）

ISBN 978-7-5463-1878-3

Ⅰ．①绿… Ⅱ．①李… Ⅲ．①纪实文学－中国－当代 Ⅳ．①I25

中国版本图书馆 CIP 数据核字（2009）第 237678 号

绿色河山——全国蓬勃开展全民义务植树运动
LÜSE HESHAN　QUANGUO PENGBO KAIZHAN QUANMIN YIWU ZHISHU YUNDONG

编写	李静轩
责任编辑	祖航　林丽
出版发行	吉林出版集团股份有限公司
印刷	三河市嵩川印刷有限公司
版次	2010 年 1 月第 1 版　　　2022 年 1 月第 9 次印刷
开本	710mm×1000mm　1/16　　印张　8　字数　69 千
书号	ISBN 978-7-5463-1878-3　　定价　29.80 元
社址	吉林省长春市福祉大路 5788 号
电话	0431－81629968
电子邮箱	tuzi8818@126.com

版权所有　翻印必究

如有印装质量问题，请寄本社退换

前　言

　　自 1949 年 10 月 1 日中华人民共和国成立至今,新中国已走过了 60 年的风雨历程。历史是一面镜子,我们可以从多视角、多侧面对其进行解读。然而有一点是可以肯定的,那就是,半个多世纪以来,在中国共产党的领导下,中国的政治、经济、军事、外交、文化、教育、科技、社会、民生等领域,都发生了深刻的变化,中国人民站起来了,中华民族已屹立于世界民族之林。

　　60 年是短暂的,但这 60 年带给中国的却是极不平凡的。60 年的神州大地经历了沧桑巨变。从开国大典到 60 年国庆盛典,从经济战线上的三大战役到经济总量居世界第三位,从对农业、手工业、资本主义工商业的三大改造到社会主义市场经济体制的基本确立,从宜将剩勇追穷寇到建立了强大的国防军,从废除一切不平等条约到独立自主的和平外交政策,从"双百"方针到体制改革后的文化事业欣欣向荣,从扫除文盲到实施科教兴国战略建设新型国家,从翻身解放到实现小康社会,凡此种种,中国人民在每个领域无不留下发展的足迹,写就不朽的诗篇。

　　60 年的时间在历史的长河中可谓沧海一粟。其间究竟发生了些什么,怎样发生的,过程怎样,结果如何,却非人人都清楚知道的。对此,亲身经历者或可鲜活如昨,但对后来者来说却可能只是一个概念,对某段历史的记忆影像或不存在,或是模糊的。基于此,为了让年轻人,特别是青少年永远铭记共和国这段不朽的历史,我们推出了这套《共和国故事》。

《共和国故事》虽为故事,但却与戏说无关,我们不过是想借助通俗、富于感染力的文字记录这段历史。在丛书的谋篇布局上,我们尽量选取各个时代具有代表性或深具普遍意义的若干事件加以叙述,使其能反映共和国发展的全景和脉络。为了使题目的设置不至于因大而空,我们着眼于每一重大历史事件的缘起、过程、结局、时间、地点、人物等,抓住点滴和些许小事,力求通透。

历史是复杂的,事态的发展因素也是多方面的。由于叙述者的视角、文化构成不同,对事件的认知或有不足,但这不会影响我们对整个历史事件的判断和思考,至于它能否清晰地表达出我们编辑这套书的本意,那只能交给读者去评判了。

这套丛书可谓是一部书写红色记忆的读物,它对于了解共和国的历史、中国共产党的英明领导和中国人民的伟大实践都是不可或缺的。同时,这套丛书又是一套普及性读物,既针对重点阅读人群,也适宜在全民中推广。相信它必将在我国开展的全民阅读活动中发挥大的作用,成为装备中小学图书馆、农家书屋、社区书屋、机关及企事业单位职工图书室、连队图书室等的重点选择对象。

编　者
2010年1月

目录

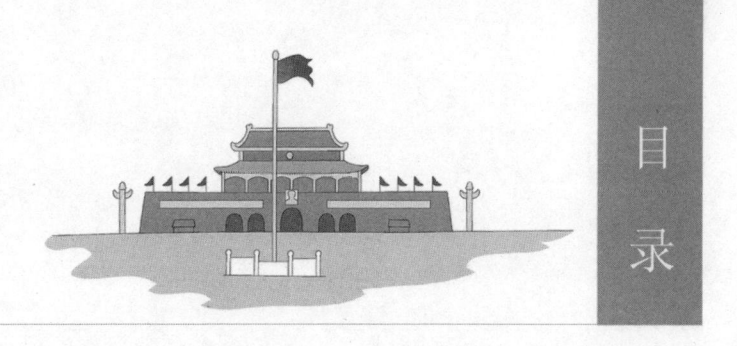

一、决策宣传

毛泽东就绿化问题作出批示/002

中央号召青少年植树造林/005

邓小平提出全民义务植树/012

江泽民高度重视西部绿化/017

召开绿化标兵表彰大会/027

胡锦涛指示加强生态建设/029

二、组织行动

中直机关建花园式单位/034

北京市开展造林纪念活动/038

召开全国青年造林大会/050

绿化环境迎接亚运会/054

开展保护母亲河植树活动/062

全国人民积极参与植树/066

中央机关开展迎奥运植树活动/072

三、绿化标兵

石光银带领乡亲治沙造林/078

单昭祥献身植树绿化事业/083

目录

王源楠帮助林农植树致富/092

牛玉琴将荒漠变成绿洲/096

王树清建设护城林网带/100

周兴仁开荒造林奉献终身/103

马永顺发誓要让青山常在/106

刘士和争做生态建设者/110

温茂元用科技营造示范林/114

张正东坚持与树木相伴/117

一、决策宣传

- 毛泽东指出:"天上的空气,地上的森林,地下的宝藏,都是建设社会主义所需要的重要因素。"

- 邓小平特地找到了万里,心情沉重、神情严肃地说:"最近的洪灾涉及林业,涉及木材的过量采伐。看来中国的林业要上去,不采取一些有力措施不行。"

- 江泽民说:"植树造林,是造福今人和子孙后代的一件大事,要加强宣传,提高全体公民植树的自觉性。"

毛泽东就绿化问题作出批示

1955 年 12 月,毛泽东就绿化工作作出批示:

在 12 年内,基本上消灭荒山荒地,在一切宅旁、村旁、路旁、水旁,以及荒地上、荒山上,即在一切可能的地方,均要按规格种起树来,实行绿化。

毛泽东还曾指出:

天上的空气,地上的森林,地下的宝藏,都是建设社会主义所需要的重要因素。

新中国刚刚成立,第一代中央领导人所要面对的一项紧迫任务是,改变因长期战争对生态环境造成的严重破坏。

对此,第一代中央领导集体关于生态环境建设的思想,主要体现在以植树造林为主,以加强林业建设为重点,以消灭荒地荒山、改变自然面貌为目标,开展务实有效的绿化祖国、修复生态、保护环境、调控资源、防治病虫害等工作。

这是新中国成立后头几年的工作重点，也是尽快修复生态和改善环境的中心环节。

1956年3月1日，毛泽东在《中共中央致五省、区青年造林大会的贺电》中，向全国人民发出"绿化祖国"的号召。

1958年8月，在中共中央政治局扩大会议即北戴河会议上，毛泽东指出：

> 要使我们祖国的河山全部绿化起来，要达到园林化，到处都很美丽，自然面貌要改变过来。

1958年11月6日，在中央领导人、大区负责人和部分省、市委书记参加的会议上，毛泽东指出：

> 要发展林业，林业是个很了不起的事业。同志们，你们不要看不起林业。

1958年，毛泽东针对生态环境，尤其是对森林造成的破坏，提出了目标和任务：

> 一切能够植树造林的地方都要努力植树造林，逐步绿化我们的国家，美化我国人民劳动、工作、学习和生活的环境。

毛泽东还提出：

> 经过若干年的努力，把我们伟大祖国，逐步建设成为三分之一为农田，三分之一为牧地，三分之一为森林的社会主义美好江山。

这是一个宏伟的蓝图。据科学理论，一个国家森林覆盖面积达到30%以上，并分布均匀，就可以形成一个好的生态环境，就能减少自然灾害，保证农业生产的正常发展。

此外，毛泽东曾在《关于加强山林保护管理，制止破坏山林、树木的通知》的批语中，对森林资源给予高度肯定：

> 森林是社会主义建设的重要资源，又是农业生产的一种保障。积极发展和保护森林资源，对于促进我国工、农业生产具有重要意义。

1959年3月27日，在《人民日报》登载的《向大地园林化前进》的文章上，毛泽东提出了"实行大地园林化"的任务，为后人描绘了绿化祖国的宏伟蓝图。

中央号召青少年植树造林

1978 年底，中共中央在北京召开十一届三中全会。全会通过了《中共中央关于加强农业发展若干问题的决定（草案）》，其中规定：

> 到 1985 年，全国植树造林要保证达到成活 4 亿亩。要集中力量抓好西北、华北、东北万里防护林体系，华北、中原、东北等地的农田林网化和四旁绿化，长江以南 10 省的速生用材林，南方、北方的经济林基地，东北林区的迹地更新等 5 项重点建设。

文件要求全国青少年，应当在祖国的战斗中，充当主力军，打攻坚战，成为一支英勇的突击队，为完成和超额完成植树造林任务，为早日建成北方"绿色万里长城"贡献自己的力量。这个任务对于青少年来说，是光荣而艰巨的。

全国五届人大政府工作报告充分阐明了加快社会主义建设速度的迫切性和重要性，提出要争时间，抢速度，加速实现四个现代化。

全世界森林面积占陆地面积平均为 22%，平均每人占有森林12亩，而我国的森林覆盖率却大大低于世界的平均水平，每人平均只有森林2亩左右。

党中央为了改变我国林业的落后面貌，根据新时期总任务，要求在20世纪末，把一切人力所能及的荒山荒地都种起树来，逐步实现毛泽东关于"绿化祖国""实行大地园林化"的宏伟遗愿。

共青团中央认真贯彻党的十一届三中全会精神，对各级团委提出植树造林的总体规划，要求各级团组织、共青团员和青少年做好以下几件事：

第一，要订好规划。

各地每年造多少林、在什么地方种、种植什么树，林业部门都要有计划。

各级团的组织，特别是基层团组织，要根据林业部门的要求，经过调查研究，搞个长计划、短安排。每年除了组织青年参加党委统一组织的营造防护林带、用材林、经济林和农田林网外，还可以根据本地情况和在青少年力所能及的范围内，组织他们沿海、湖造林，绿化江河两岸，营造铁路、公路林网，绿化和美化工厂、学校、机关、街道。

制订规划既要解放思想，敢想、敢干，又要实事求是，切实可行，还要把规划要求落实到青少年身上。

发动青少年订立植树造林小计划，明确自己植树造林的任务、质量要求和育林护林的责任，把植树造林变为广大青少年的自觉行动。

第二，要抓好突击活动。

造林季节里，在充分做好思想和物质准备的基础上，广泛组织青年造林突击队，开展造林日、造林突击周活动。

1979年2月23日，全国人大常委会经讨论通过每年3月12日为我国植树节。每年植树节前后，共青团都要组织青少年开展大规模的植树活动。

过去，一些地区营造了"青年林""共青林""少年林"，对于激发青少年植树造林的积极性，增强他们育林护林的责任感，起了很好的作用。

在有条件的地方，要继续组织青少年造"青年林""共青林""少年林"。

城镇青少年，要按照城市建设规划的要求，在"四旁"和一切宜绿化的闲散土地上，都种上树、栽上花或铺上草皮，把城市打造得更加美丽。

第三，要组织好技术学习。这是提高植树造林质量，保证成活的关键。

除了组织青年学习和掌握当地传统的先进的造林技术以外，还要大力组织青年学习和运用现代科学林业技术知识。

现在外国在选用速生良种、容器育苗、机械整地、播种、栽植和科学育林、护林等方面，都有许多先进的技术。要积极学习、推广适合我国情况的一切先进造林技术和经验。

各级团的组织，特别是县、社团的组织，要紧密配合林业部门，举办各种类型的林业技术学习班，传授科学造林的技术知识和先进经验，培训青年造林骨干。

广大青年应根据林业建设的需要，因地制宜，积极组织各种林业科学实验小组，广泛进行林业技术革新和技术革命活动。

战斗在国有林场和社队林业专业队中的广大青年，在这方面要起带头作用，要刻苦学习钻研现代化林业科学技术，向林业机械化、自动化、管理科学化进军，大幅度提高劳动生产率，努力使自己成为又红又专的林业专家、能手，积极赶超世界先进水平。

第四，要搞好良种采集和育苗。

我国宜林地区很广，造林任务很重，光靠专业育苗远远不能满足大规模造林运动的需要。

青少年们要发扬艰苦创业、自力更生的精神，自己动手采种、育苗。大力选用乡土良种，积极引进外地良种。过去团组织、青少年之间开展赠送优良树种和果树种苗的活动，对于植树造林群众运动起了很好的推动作用，这个活动应该继续提倡。

凡是有条件的地方，特别是农村团支部和少先队组织，都要建立"青年苗圃""红领巾苗圃"，做到计划、人员、种子、圃地、措施五落实。

要加强苗期管理，培育大苗壮苗，为大规模植树造林解决苗源，为长期绿化工作打下坚实基础。

第五，要做好抚育护林工作。

俗语说："造林一时，管护一世。"要接受一些地方"年年植树不见树，年年造林不见林"的教训。

要组织青少年学习、宣传《中华人民共和国森林法（试行）》和国务院《关于保护森林制止乱砍滥伐的布告》，广泛进行爱林、育林、护林、管林的教育，把爱护树木作为对青少年进行共产主义道德风尚教育的一项内容，树立保护树木、人人有责、护林光荣、毁林可耻的新风尚。广大青少年要成为遵守森林法的模范，当好护林的哨兵，坚决同违反法令、破坏树木、毁坏森林的行为进行坚决的斗争。

对于青少年林，要建立分片管理制度，加强抚育管理，促进生产。

向绿化祖国进军的战鼓已经擂响了，全国青少年要在绿化祖国的战斗中大显身手，用我们的实际行动，把毛主席的"绿化祖国""实行大地园林化"的伟大号召，变为光辉的现实。

植树造林，绿化祖国，是改造自然、造福人民、建设美好幸福生活的一项伟大事业，是实现四个现代化的迫切需要。

事实表明，森林对于人类生活，对于生产建设，对于保持自然界的生态平衡都有着非常重要的作用。

据说，一公顷森林一天可以放出730公斤氧，能满足973个成年人的一天需氧量，即每人拥有林地10平方米左右，就可以保持大气含氧量的稳定平衡。

森林对空气有过滤、吸收灰尘和吸滤各种毒气的能力，能使空气净化。每公顷云杉、松树每年收集空气中的灰尘分别约为32吨、36吨。搞好城市绿化，不但可以美化城市，而且能够降低噪音，消除空气污染，保护环境。

因此，森林对于人类的生存和人体的保健起着重要的作用。

森林是农业的重要保障。它能够调节气候，改善自然环境，减少风、沙、水、旱等自然灾害，使农业高产稳产。

森林能在土壤中贮存大量的水分。树木根深的森林土壤估计每平方公里可贮存水5万吨到20万吨。河川上游有森林，就可以含蓄水源，清水长流；山坡上有森林，可以防止水土流失，保护农田。

正如百姓所说："山上栽满树，等于修水库，雨多它就吞，雨少它就吐。"

森林还是农村木料、肥料、饲料和燃料的重要来源。许多树木的枝叶和果实是很好的饲料。

一些木本油料树种如油茶、油桐、乌桕等，既可榨油，剩余物又是很好的肥料和农药。紫穗槐的枝叶是很好的饲料、肥料，每千斤紫穗槐嫩枝叶的肥效，相当于30多公斤硫酸铵，7.5公斤过磷酸钙或100公斤饼肥，因此它有"绿肥之王"之称。

由于森林对农牧业生产有着多方面的作用和效益，所以可以毫不夸张地说，它是农业的保姆。

林业在国民经济中占有很重要的地位。工业建设、国防建设和人民生活所需要的木材，都要由林业来解决。

新中国成立以来，我国森林工业为国家提供木材8.1亿立方米，各种人造板510万立方米，还生产了大量的林副产品。

全国有林化企业500多个、林化产品600多种，新中国成立以来为国家积累大量资金，对我国社会主义建设事业作出了重大贡献。

有了茂密的森林，还有利于战备。一旦打起仗来，上能防空，下能屯兵，能更好地消灭来犯之敌，保卫我们伟大的祖国。

由此可见，林业建设关系到四个现代化宏伟目标的实现，关系到千百万人民群众的切身利益。

邓小平提出全民义务植树

1979年2月23日，在第五届全国人大常委会第六次会议上，林业总局局长罗玉川提请审议《森林法（试行草案）》和对"决定以每年3月12日为我国植树节"进行说明后，大会予以通过，并决定：

> 将每年的3月12日定为我国的植树节，以鼓励全国各族人民植树造林，绿化祖国，改善环境，造福子孙后代。

这项决议的意义在于，动员全国各族人民积极植树造林，加快绿化祖国和各项林业建设的步伐。

到了1981年，全民义务植树运动真正红红火火地开始了。

这年夏天，四川、陕西等地遭受了历史上罕见的水灾，长江、黄河上游出现了特大洪峰，给国家和人民生命财产造成了重大损失。

这场无情的特大水灾引发了邓小平深重的关注和深刻的思考。他十分惦记国家和人民生命财产的安危，意识到了事情的严重性。

1981年9月，邓小平特地找到了万里，心情沉重、神情严肃地指出：

> 最近的洪灾涉及林业，涉及木材的过量采伐。看来中国的林业要上去，不采取一些有力措施不行。

接下来，邓小平便进一步把经深思熟虑的想法和盘托出：

> 是否可以建议全国人民代表大会通过一项议案，规定凡是有劳动能力的中国公民，每人每年都要种几株树，比如 3 至 5 株，包栽包活，多者受奖，无故不履行此项义务者受罚。
> 总之，要有进一步的办法。

不久，邓小平的这项重要建议马上就被提到了议事日程上。

1981 年 10 月 19 日和 11 月 9 日，中央书记处连续两次召开会议，对贯彻邓小平关于植树造林的谈话精神，进行了认真的讨论。

深入讨论的结果是，一致同意邓小平的意见，并由国务院向全国人大常委会提交了《关于开展全民义务植树运动的决议（草案）》。

1981 年 12 月 13 日，根据邓小平的倡议，在五届全国人大四次会议上，人大代表审议通过了《关于开展全民义务植树运动的决议》。

"决议"指出：

> 凡是条件具备的地方，年满11岁的中华人民共和国公民，除老弱病残者外，因地制宜，每人每年义务植树3棵至5棵，或者完成相应劳动量的育苗、管护和其他绿化任务。

"决议"号召：

> 全国各族人民要以高度的爱国热忱，人人动手，每年植树，愚公移山，坚持不懈全民总动员，积极投身于植树造林绿化祖国的伟大事业当中。

第二年，国务院颁布了《关于开展全民义务植树运动的实施办法》。

1982年的植树节，邓小平率先垂范，在北京玉泉山上种下了义务植树运动的第一棵树。

从此，全民义务植树运动作为一项法律和公民必须履行的义务，开始在全国实施。一场世界上规模最大、参与人数最多、成效最为显著的义务植树运动，在中国展开了。

1984年9月，六届全国人大常委会第七次会议通过修改的《中华人民共和国森林法》，其总则中规定：

植树造林、保护森林是公民应尽的义务。

《森林法》把植树造林纳入法律范畴。

我国幅员辽阔，气候条件差异较大，各地适合植树的时间也不尽一致，因此许多省、市还规定了自己的植树日。

全民义务植树开始以来，党和国家领导人不论工作有多忙，不论是在北京还是在外地，都认真履行公民应尽的植树义务。

自1982年开展全民义务植树运动以来，中国参加义务植树的人数达104亿多人次，累计义务植树492亿多株。

全民义务植树运动，有力地推动了中国生态状况的改善。

在这个运动启动之前的1981年，中国森林面积为17.29亿亩，活立木蓄积量为102.6亿立方米，森林覆盖率为12%。

经过多年的不懈奋斗，中国森林面积已达到26.2亿亩，活立木蓄积量达到136.18亿立方米，森林覆盖率提高到18.21%。在世界森林资源日益减少的情况下，中国实现森林资源的持续增长。

从 1981 年 12 月开始，中国实施"三北"和长江中下游地区重点防护林建设、退耕还林还草、野生动植物保护及自然保护区建设、天然林保护等六大林业重点工程。

在 1990 年 3 月 12 日，邮电部发行了一套 4 枚"绿化祖国"邮票，第一枚为"全民义务植树"，以此来纪念和鼓励人民群众进行绿化植树活动。

2000 年底，中国的森林覆盖率已达 16.55%，城市人均公共绿地提高到 6.52 平方米，全国自然保护区总面积超过 1 亿公顷。

江泽民高度重视西部绿化

1990年9月23日,在全国绿化委员会第九次全体会议召开之际,江泽民、李鹏在致这一次全国防沙治沙工程建设工作会议的信中,提出了全社会办林业、全民搞绿化的思想。

信的内容如下:

值此全国防沙治沙工程建设工作会议召开之际,谨向大会表示热烈的祝贺,并通过你们向奋战在防沙治沙第一线的广大干部群众、科研工作者、工程技术人员致以亲切的问候!

我国是世界上沙漠面积较大、分布较广、危害严重的国家之一。新中国成立以后,沙区广大干部群众和林业、水利等战线的科技工作者,在党和政府的领导下,与沙漠进行了长期不懈的斗争,为有效地遏制土地沙漠化的扩大、改善生态环境作出了巨大的努力。

目前,我国防沙治沙工作已进入一个讲规模、求效益、大发展的新时期,任务更为紧迫和繁重。防沙治沙是一项造福当代、荫及子孙的社会公益事业,涉及多部门、多行业、多学科。

党中央、国务院希望沙区各级党委和政府要进一步增强工作责任感，建立领导干部任期目标责任制，各有关部门要密切配合，通力合作，扎实工作，为民造福，为国建功。

希望沙区广大干部群众，继续发扬艰苦奋斗、坚韧不拔、开拓进取的精神，为开创我国防沙治沙工作的新局面而努力奋斗。

以江泽民为核心的中央领导集体，高度重视绿化，特别是西部地区的绿化工作，继承和发展了第一代、第二代中央领导集体关于生态环境建设的思想，高度重视和加强生态环境工作，实施了一系列重大决策和部署。

江泽民、李鹏在致全国绿化委员会第九次全体会议的信中，提出了全社会办林业、全民搞绿化的思想，就是一次生动的体现。

1994年4月2日，江泽民来到北京圆明园遗址公园参加义务植树，并参观了圆明园纪念馆。

在此期间，江泽民提出要提高全体公民植树的自觉性。他指出：

植树造林，是造福今人和子孙后代的一件大事，要加强宣传，提高全体公民植树的自觉性。

经过这些年的努力，我们的森林覆盖率已经达到13%，取得了很大的成绩，但是同世界先进国家相比，还有不小的差距。所以，要锲而不舍地搞下去。

1995年3月12日植树节这天，李鹏为全民义务植树15周年题词：

　　大力植树造林，改善生态环境，促进经济发展。

1995年4月1日，江泽民前往北京潮白河畔参加义务植树。在植树过程中，江泽民同新闻记者以及顺义县委负责人说道：

　　植树造林，绿化祖国，改善生态环境，这是利国利民的大事，也是造福千秋万代的事业。植树造林具有保护环境，保持水土，促进经济发展的重大意义。

　　我最近从江西、湖南考察回来，看到广大干部群众十分重视造林绿化，这是令人高兴和鼓舞的。植树造林关键要坚持全党动员，全民动手，长期不懈地抓下去，形成风气。绿化祖国要靠一代代人的努力。今天，这些接班人也来了。植树造林的教育要从少年儿童抓起。

李瑞环在北京郊区参加义务植树时也说：

造林绿化可以改善生态环境，还可以为人类提供各种丰富的食品资源。我国山地众多，发展林业的潜力非常大，应该充分利用起来。植树造林要祖祖辈辈坚持下去，切切实实地干。

对于西部地区的绿化，中央领导尤其重视。

1997年8月5日，江泽民在国务院副总理姜春云《关于陕北地区治理水土流失，建设生态农业的调查报告》上批示：

看了这个调查报告，感到很高兴。陕北地区治理水土流失，改善生态环境的措施和经验是好的。

……………

历史遗留下来的这种恶劣的生态环境，要靠我们发挥社会主义制度的优越性，发扬艰苦创业的精神，齐心协力地大抓植树造林，绿化荒漠，建设生态农业去加以根本的改观。经过一代一代人长期的、持续的奋斗，再造一个山川秀美的西北地区，应该是可以实现的。

1997年8月12日，李鹏在国务院副总理姜春云《关于陕北地区治理水土流失，建设生态农业的调查报告》上批示：

> 调查报告已看过，陕北水土保持经验值得重视。
>
> 小浪底有较大的水库容，它的建成为我们开展黄土高原水土保持提供了良好的机遇。我建议，根据江泽民总书记关于"大抓植树造林，绿化荒漠，建设生态农业""再造一个山川秀美的西北地区"的指示精神，请您组织有关部门，提出一个治理黄土高原水土流失的工程规划，争取15年初见成效，30年大见成效，为根治黄河作出应有的贡献。
>
> 上次谈到的小浪底水库建成后，下游河道整治和堤防加固工程也一并考虑进去。《规划》制定出来，报党中央、国务院审批。

在这里，以江泽民为首的中央领导向全国人民发出了"再造秀美山川"的动员令。

1998年4月16日，江泽民在重庆市考察时，对于绿化建设指出：

长江上游，包括三峡库区的水土流失问题，不仅对三峡工程构成严重威胁，危害当地的经济发展和人民生活，而且已经成为影响我国整体生态环境质量的一大忧患。对此，必须有紧迫感。要把大搞植树造林、保护植被，加快长江上中游的生态环境建设，作为一项战略性任务抓紧抓好。

可以说，中国共产党第三代中央领导集体实施了可持续发展的战略。

早在1995年党的十四届五中全会上，就把可持续发展战略正式纳入"九五"和2010年中长期国民经济和社会发展计划，要求把社会全面发展放在重要战略地位，大力推进经济与社会相互协调和可持续发展。

之后，党的"十五大"报告又进行了强调，实施可持续发展战略是中国跨世纪发展的战略抉择，要求全党必须深刻认识到"建设和保护良好的生态环境，是功在当代，惠及子孙的伟大事业"，必须把贯彻实施可持续发展战略作为一件大事来抓。

江泽民多次提醒全党：

千万要注意，在加快发展中绝不能以浪费资源和牺牲环境为代价。

发展既要看经济增长指标，又要看人文指标、资源指标、环境指标，经济建设必须与资源环境相协调，实现良性循环。

后来，江泽民在西安主持召开的国有企业改革和发展座谈会上又强调：

> 由于千百年来多少次战乱、多少次自然灾害和各种人为的原因，西部地区自然环境不断恶化，特别是水资源短缺，水土流失严重，生态环境越来越恶劣，荒漠化年复一年地加剧，并不断向东推进。改善生态环境，是西部地区的开发建设必须首先研究和解决的一个重大课题。
>
> 如果不从现在做起，努力使生态环境有一个明显的改善，在西部地区实现可持续发展的战略就会落空，而且我们整个民族的生存和发展条件也将受到越来越严重的威胁。

中央领导集体实施了退耕还林工程。退耕还林，是新中国成立以后，党和国家加强生态环境建设的又一重大战略部署和实施的一项国家级重点生态工程。

国务院在深化并抓好六项林业重大工程基础上，于1999年下半年，在全国范围内实施了退耕还林试点工作。

1999年6月28日，江泽民在看了中央电视台对贵州省台江县乱砍滥伐天然林事件的报道后，对贵州省委负责人作了指示。

江泽民指出：

禁止采伐天然林，保护生态环境，是党中央、国务院作出的重大决策，任何地方、任何人都必须认真贯彻执行。台江县发生滥伐天然林的地方虽然是边远山区，但记者能去，我们的干部为什么不能去呢？我看还是要教育我们的干部，深入群众，做好工作，不能高高在上。要加强对干部群众保护森林和生态环境的法制教育。对台江县发生的乱砍滥伐天然林事件必须依法严肃查处。处理结果要报告中央。

2000年1月22日，朱镕基在西部地区开发会议上，再一次强调改善西部地区的生态环境。

朱镕基提出：

我们要充分利用我国目前粮食供应充裕的有利条件，坚决实行"退耕还林、草，封山绿化，以粮代赈，个体承包"的措施，加快恢复林草植被和生态环境建设。这项措施是贯彻中央关于植树造林、绿化荒漠和荒山荒地方针的具体化，也是调动广大干部群众积极性的好办法。坡耕地是造成水土流失的主要原因，解决这个问题必须实行退耕还林、还草。

西部地区生态环境建设，过去多年采取了不少措施，比如天然林保护、小流域治理、水土保持、防治沙漠化、"三北"防护林等，这些方面都要坚持做好。1999年我先后到四川阿坝、甘肃定西等地，亲眼看到，经过几年或十多年的努力，退耕还林、封山绿化收到明显成效，更增强了信心。我们要矢志不移、坚持不懈地把这个功在当代、惠及子孙的大事办好。

2000年4月1日，江泽民前往北京中华世纪坛，参加义务植树活动。在植树时，江泽民再次提到西部环境问题。

江泽民指出：

开展全民义务植树活动，提高了人民群众的绿化意识，也美化了我们的生活环境，一定要长期坚持下去。西部大开发首先要改善环境，加强生态建设，植树种草的工作要抓紧抓好。

2000年9月，国务院出台了《关于进一步做好退耕还林、还草试点工作的若干意见》。

之后，国务院相继颁发了《关于进一步完善退耕还林政策措施的若干意见》和《退耕还林条例》。

此后，为深入推进这项浩大工程，国务院站在中华民族生存和发展的全局高度，于 2007 年 8 月再次出台了《关于完善退耕还林政策的通知》。

实践证明，这项工程对全面整治绿化国土、优化农村产业结构、增加农民收入、改善生态环境，对全民尤其是广大农民增强生态环境意识、树立生态文明观念、保护生态环境资源、确立生态文明行为等，产生了巨大的推动作用。

在党的十六大报告中，江泽民不仅进一步重申和强调，而且还把可持续发展能力不断增强、生态环境得到改善、资源利用效率显著提高、促进人与自然的和谐，确定为全面建设小康社会的一项重要目标。

江泽民又提出了一些著名的重要论断，如：

> 破坏资源环境就是破坏生产力，保护资源环境就是保护生产力，改善资源环境就是发展生产力。

> 环境意识和环境质量如何，是衡量一个国家和民族的文明程度的一个重要标志。

召开绿化标兵表彰大会

1999年8月4日，全国绿化委员会在人民大会堂，隆重召开全国十大绿化标兵表彰大会。

这次表彰大会是根据温家宝在全国绿化委员会第十八次全体会议上提出的要求，全国绿化委员会在全国范围内，部署开展了评选全国十大绿化标兵活动。

这是绿化领域有史以来第一次开展的跨行业、跨系统，面向全社会的绿化标兵评选活动。

为搞好这次评选活动，把绿化战线最优秀的人物评选出来，全国绿化委员会办公室与中共中央宣传部、建设部、农业部、水利部和国家林业局，以及全军绿委、共青团中央、全国妇联、全国总工会、中国石油天然气集团总公司等11个单位，联合组成了评选领导小组，领导小组下设办公室。

各省、各有关部门对这次活动高度重视，自下而上，层层筛选，共推荐了65名长期奋斗在绿化战线上的英模人物。

评选领导小组经过认真细致的工作，评出了全国十大绿化标兵。

他们是：陕西省靖边县东坑镇农民牛玉琴、黑龙江省拜泉县县委书记王树清、天津市经济技术开发区园林绿化公司总工程师张万钧、湖北省钟祥市磷矿镇农民周兴仁、兰州军区空军环保绿化委员会办公室主任徐宝桢、宁夏回族自治区彭阳县林业局工程师吴志胜、黑龙江省铁力林业局退休工人马永顺、内蒙古自治区敖汉旗林业局局长刘士和、福建省三明市三元区岩前林业站站长王源楠、海南省桉树技术推广总站副研究员温茂元。

在这次会议上，全国绿化委员会副主任、国家林业局局长王志宝，宣读了《全国绿化委员会关于表彰全国十大绿化标兵的决定》。

全国人大常委会副委员长王光英、全国政协副主席万国权等领导，为十大绿化标兵颁发奖杯和荣誉证书。

在会议上，全国十大绿化标兵代表、黑龙江省拜泉县县委书记王树清作了先进事迹报告。随后，兰州军区空军环保绿化委员会办公室主任徐宝桢也作了先进事迹报告。

他们的感人事迹给与会代表以极大的振奋，报告多次被热烈的掌声打断。通过报告先进事迹，与会同志受到深刻的教育和巨大的鼓舞。

会后，中央电视台、新华社、人民日报社等10多家新闻媒体进行了广泛报道和宣传。

胡锦涛指示加强生态建设

2003年4月5日,春光明媚,一棵棵苍翠的白皮松、华山松,为首都北郊正在兴建的奥林匹克体育工程增添了几分新绿。

胡锦涛、江泽民、吴邦国、温家宝、贾庆林、曾庆红等,在北京奥林匹克森林公园,参加义务植树活动。

2003年4月5日,是北京第十九个全民义务植树日,中央领导人来到植树工地,纷纷挥锹铲土,提水浇灌,栽下了一棵棵松树、银杏树和白蜡树。

胡锦涛指示:

> 植树造林,绿化祖国,加强生态建设,是一件利国利民的大事。我们要一年又一年、一代又一代地坚持干下去,让祖国的山川更加秀美,使我们的国家走上生产发展、生活富裕、生态良好的文明发展道路。

在郁郁葱葱的白皮松前,胡锦涛和两位系着鲜艳红领巾的少先队员一起挥锹培土,提水浇灌。

胡锦涛一边植树,一边向北京市和国家林业局负责人询问首都和全国绿化建设情况。

胡锦涛说：

近几年来，北京市围绕"办绿色奥运、建生态城市"，加大了绿化美化力度，首都生态环境有了明显的改善。希望北京市以"办绿色奥运"为契机，下大气力继续抓好绿化美化工作，使首都越来越美，为成功举办奥运会创造条件，为广大群众创造更加良好的生活环境。

吴邦国栽完一棵白皮松后说：

植树造林，人人有责。常年坚持，一定会大有成效。

温家宝连着栽了几棵树，他说：

我们要一起动手，把全民植树活动更加扎实地开展下去。

以胡锦涛总书记为首的中央领导，确立了林业在可持续发展中的重要地位和在生态环境建设中的首要地位；坚持五个统筹，实现全面科学发展，尤其是人与自然和谐发展；提出了21世纪生态建设、生态安全、生态文明总体战略构想；将中国特色社会主义生态文明写入党的文献之中，并提出了目标、任务、要求和措施。

2003年，党中央、国务院颁发了《关于加快林业发展的决定》。

这是我国如何建设生态文明的一个重要文件，也是党中央、国务院继1998年批准《全国生态环境建设规划》后，作出的又一重要决策。

"决定"中明确提出了21世纪我国生态建设、生态安全、生态文明的总体战略构想。

关于生态建设，"决定"提出了以重点工程为主体，以全民义务植树和社会力量多种形式造林为基础的新布局；关于发展生态产业，提出了适应生态建设和市场需求变化，推动产业重组，优化资源配置，加快形成以森林资源培育为基础、以精深加工为带动、以科技进步为支撑的新格局；确定了森林在陆地生态系统中的主体地位、林业在可持续发展中的重要地位和在生态环境建设中的首要地位；提出了生态差距是中国与发达国家的最大差距，生态恶化是中国实现经济社会可持续发展的最大难题等重要论断。

"决定"标志着中国正以世界眼光，把保护改善生态环境和加强生态文明建设，作为事关中国特色社会主义事业的长远大计来抓，标志着中国共产党对建设中国特色社会主义生态文明的认识，实现了重大飞跃。

以胡锦涛为总书记的中央领导集体，在党的十七大报告中，不仅第一次提出了生态文明命题，而且还明确了生态文明建设的目标、任务、要求和措施。

总体目标是坚持节约资源和保护环境基本国策，坚持生产发展、生活富裕、生态良好的文明发展道路，建设资源节约型、环境友好型社会，实现速度和结构质量效益相统一、经济发展与人口资源环境相协调，使人民在良好生态环境中生产、生活，实现经济社会永续发展，成为人与自然和谐相处、生态环境良好的国家。

主要任务是基本形成节约能源资源和保护生态环境的产业结构、增长方式、消费模式。

总体要求是把建设资源节约型、环境友好型社会，放在工业化、现代化发展战略的突出位置，落实到每个单位、每个家庭。

具体措施是完善有利于节约能源资源和保护生态环境的法律政策，加快形成可持续发展体制机制；落实节能减排工作责任制；开发和推广节约、替代、循环利用和治理污染的先进适用技术，发展清洁能源和可再生资源，保护土地和水资源，建设科学合理的能源资源利用体系，提高能源资源利用效率；发展环保产业；加大节能环保投入，重点加强水、大气、土壤等污染防治；以改革集体制度为重点，加强水利、林业、草原建设，加强荒漠化石漠化治理，促进生态修复；加强应对气候变化能力建设，为保护全球气候作出新贡献；同其他国家相互帮助、协力推进，共同呵护人类赖以生存的地球家园。

二、组织行动

- 1953年2月,朱德到北京西山视察,对林业部部长梁希说:"小西山的绿化政治意义重大,此事应由华北、北京主管部门作为重要任务之一,颁发决定,制订计划,提前完成。"

- 1979年3月,在全党工作着重点向社会主义现代化建设转移的第一个春天,来自全国各省、市、自治区的800名代表,出席了在革命圣地延安召开的全国青年造林大会。

- 1990年4月1日,江泽民、杨尚昆、李鹏、万里等中央领导,来到国家奥林匹克体育中心参加义务植树劳动。

中直机关建花园式单位

在 20 世纪 50 年代,中共中央直属机关便开始响应中央绿化的号召,开始建设自己的庭院。

自全国人大作出《关于开展全民义务植树运动的决议》以来,庭院绿化工作全面贯彻"巩固、完善、提高、发展"的方针,以建设花园式单位、垂直绿化单位为目标,经过近百名专兼职管理干部、近千名园林职工的辛勤劳动,庭院绿化工作得到了持续、快速的发展,取得了显著的成绩。

到 1999 年底,中直机关 79 个庭院,有绿化面积 257.6 万平方米,占总面积的 43.23%。

人民日报社坐落在朝阳门外金台西路,占地 24 万平方米,整个社区划分为办公区和生活区两部分,有职工 2000 多人及职工家属住户 2100 多户,人口近万。社区内每天有近万人口和上千台次的车辆活动。

人民日报社把绿化美化环境作为一项重要工作内容来抓,逐渐使机关庭院和生活区内绿树成荫、环境优美、空气清新、鸟语花香。

报社为了加强对绿化工作的管理力度,1995 年在机构上设立了有专职干部和专业技术人员组成的卫生绿化办公室和园林绿化管理专业队伍,请专业人员对机关庭院和生活区进行全面的绿化规划设计，并制订了"逐年投入，分步实施"的绿化建设方案和"修缮一栋楼，就绿化一片地，一栋楼一栋楼地修缮，一片地一片地地绿化，连点成片，连片成面"的实施方案。

1995年，人民日报社投资近200万元，对10号楼和13号楼之间的一万余平方米的次生林进行改造，建成了一座风格古朴典雅，具有"金台夕照"文化内涵的风景园林，即金台园。

金台园的建成极大地增强了报社职工的绿化观念，在随后的几年内，报社又陆续投资近300万元，相继对办公区和生活区20多栋楼周围的6万多平方米的绿地，进行绿化改造和绿化建设。在种植上，注意品种的更新换代，增加名、特、优、新的植物品种，注意色彩组合，并安装节水型的喷灌设备。

人民日报社共修建了有园林市道、休息广场、棚架、假山、喷泉等园林小品的风景园林景点8处，拆除房屋、活动厅、车库、道路等各类建筑5000多平方米和墙体400多米，新增加绿地面积8000多平方米。

人民日报社在抓好绿化建设的同时，采取具体措施，抓好绿化养护工作。通过几年的努力，报社的环境有了明显的改善，1986年被评为首都绿化美化花园式单位，1998年获得全国部门造林绿化400佳单位称号，1999年被评为首都全民义务植树红旗单位。

新华社鲁谷小区位于北京市石景山区八宝山地段内，

1995年建成投入使用，有住户1470余户，占地面积8.6万平方米。

经过5年多坚持不懈的努力和贯彻高起点、高标准、高品位的指导思想，鲁谷小区狠抓庭院新建工作和后期的养护管理，绿化面积已达3.6万平方米，绿化覆盖率近50%，人均绿地面积有8平方米以上。

区内当时树木有1.2万多棵，草坪近3.3万平方米，绿篱4300多延长米，各种木本和宿根花卉近万棵，每年随着季节的变化，还有各种应季的草花不断更替补充，真正做到了三季有花，四季常青。

1994年，在小区基本建设尚未完工时，就按照公园的标准进行了高层次的规划设计，并一次性投入50多万元，进行大规模的基础绿化施工，使小区绿化从一开始就建立在很高的起点上。

由于社、局两级领导决心大，标准明确，大家齐心协力，顽强拼搏，小区先后获得首都绿化美化花园式单位、北京市优秀物业小区、全国优秀物业管理小区、北京市文明居民区、首都绿化美化花园式小区、首都绿化美化花园式单位的称号。

鲁谷小区在保证提高绿化占有率的基础上，先后对树种、草种的植物群落配置进行调整，建成了丁香园、紫薇园、锦秋园、松柏园、梅竹园、叠翠园和中心广场等小区，置办了雕塑，布置山石、喷泉、花坛、凉亭等各种园林小品，并铺装了各种石径和活动广场，制作了假山瀑布、藤架拱墙，为住区职工提供了休息、交流、锻炼、游戏的多方位的活动场所。

鲁谷小区还非常重视绿化的后期管理，成立了专业绿化班，购置了各种绿化机械，铺设了大量的绿化供水管线，年年对绿化领导人员和管理人员进行专业培训，还购置了很多专业书籍，组织专业学习，聘请专家指导养护等，使绿化效果基本得到保证。1998年，被北京市园林局评为绿化美化养护一级单位。

中共中央党校坐落在风景秀美的颐和园北，与万寿山仅一路之隔，占地面积96万平方米。

在20世纪60年代初，校园道路两侧大多栽植的是速生的毛白杨，整个院落，密林浓荫。80年代又建设了楚园春、燕园、新疆花园等小游园。

进入20世纪90年代后，对位于校园西侧的风景区又进行了大规模的扩建和改造，使党校园林和颐和园连成一片，为学员和职工及离退休人员开辟了一处休息和活动的良好场所。

在建立景点的同时，植物配置坚持以乔木为骨干，乔木、灌木、草本相结合的原则。据不完全统计，到1999年，院内已存有乔木1.56万余株，花灌木1.7万余株，攀缘植物5500余株，绿地面积总计46万平方米。从1984年起，被北京市政府、首都绿化委员会评为首都绿化美化花园式单位。

中直机关为改造生态环境，建设绿色家园，作出了自己的努力。

北京市开展造林纪念活动

1953年2月,朱德在林业部部长梁希的陪同下,视察了北京西山后说:

小西山的绿化政治意义重大,此事应由华北、北京主管部门作为重要任务之一,颁发决定,制订计划,提前完成。

你要赶快绿化西山,在我有生之年还要看到西山的绿化呢!

新中国成立之初,首都绿化基础十分薄弱,生态环境质量很差,郊区林木覆盖率只有1.3%,城里公共绿地也不过一万多亩。

当时,群众形容首都北京是:

无风二尺土,有雨一街泥,西北风一刮,沙起地搬家。

为落实朱老总的指示,中共北京市委、市政府和林业部,在彭真的主持下,作了专题研究,于同年6月,成立了由北京市、华北行政委员会、林业部抽人组成的西山造林事务所，负责西山荒山造林绿化工作。

不久，从中央军委也传来了总参谋长粟裕的指示：

> 劳力不足，可以调集部队，参加首都绿化建设。

1954年12月，制订出绿化北京西山的总体计划。1955年2月，中共北京市委正式作出决定：

> 从1955年至1957年，在西山造林7万亩，全部绿化西山。

此后，北京市委、市政府和林业部，在彭真的主持下，对小西山的造林绿化进行了认真部署，开始了一场以人民解放军为主力，机关、厂矿、学校等各方面力量积极参与的小西山大规模植树造林的活动。

为了打好雨季造林战役，1955年5月初，中央军委总参谋部召开参加西山造林的驻京部队开会，下达命令，要求各部队6月中旬进入各自的造林地区。

随后，华北军区工程兵一团、中央警卫师二团、三团、公安军一师三团、公安二师一团、公安总队相继开赴荒山，安营扎寨。从此，绿化首都最早的"战役"打响了。

公安军内卫第一师担当主要任务。师部于1955年6

月1日接受任务，经过全盘筹划，于6月12日命令三团执行任务。1500名官兵仅用三天时间准备，就进入紧张的雨季整地造林施工。

面对着造林没有经验，山场面积大，山高坡陡、石头多，天气炎热等困难，他们发扬我军的光荣传统，层层召开党委会、干部会、军人大会，深入进行思想政治工作，提出"困难就是光荣，克服困难就是胜利"的口号，激励广大指战员迎着困难上。

指战员们在石质荒山上整地植树，任务相当艰巨。头顶着烈日曝晒，身遭着大雨倾盆，还有蚊虫的叮咬，但他们仍然是你追我赶，忘我地劳动，一天下来，绝大部分战士手上都打起了血泡，大泡垒小泡，泡破了血和汗混在一起。

部队各级干部更是以身作则，腿勤、眼勤、手勤，和战士们一起上山战斗，使全团整地植树从每人24平方米定额，提高到42平方米。

三营五连有一个战士叫罗增安，连续几日整地植树面积日均280平方米以上，超过定额的6倍多，日栽苗木797株，超过定额140株的5倍，创造了西山各部队造林最高成绩。

栽苗更困难，不但要经受曝晒的考验，还要顶风冒雨坚持干。运苗队的战士们，个个肩挑60多公斤重带土坨的苗木，穿山沟，翻山梁，一上午往返3趟，扁担都压断了。有的连队一天下来，流鼻血的就达74人之多，但他们依然情绪高昂，顽强战斗，决心要让千年干枯的荒山，留下一片绿荫，造福后代。

此后，经过广大指战员整整三年的艰苦奋斗，总投工60多万个，共完成造林5.6445万亩，栽植各种树木40多种、2100余万株，胜利地完成了西山规划宜林荒山的造林绿化任务。

后来，昔日的荒山秃岭变成了满山青翠，一片郁郁葱葱的风景名胜区，成为护卫首都的一道绿色屏障。

彭真亲笔题字：

西山森林公园

郑天翔手书了小西山造林绿化碑记。

在全民义务植树运动中，大力开展植纪念树，造纪念林活动，提高人们环境意识、绿化意识，调动各行各业广大干部群众积极投入到首都绿化美化建设高潮中来。

首都北京植下了大量的纪念树，营造了大量的纪念林。这些具有极大纪念意义的树不但为改善首都的生态环境、城市风貌发挥了重要作用，而且在人们心目中留下更为久远的、值得回味的纪念。

1959年11月1日，"共青林"在京郊顺义县潮白河畔的沙滩上产生了。

这一天，团中央第一书记胡耀邦，一大早就来到京郊顺义县潮白河畔的沙滩上，亲手种下了一棵桧柏，为共青纪念树。

当天还召开了共青林场的命名大会，胡耀邦亲笔为共青林场题名，并在大会上讲话。

胡耀邦说：

> 11月1日是1956年延安造林大会规定的全国青少年秋季造林日，在这个日子，你们决心在潮白河两岸建起一个共青林场来，这说明你们在绿化我们伟大祖国方面有场所、有决心、有顽强到底的精神，今后几年内要再多流点汗、每年春秋季都来一次造林大活动。10年后使我们祖国到处有树有花、有茶有油、又绿又香。

1984年3月，胡耀邦重新为共青林场书写了场牌，3月18日召开重新命名大会。会上提出要在林场等开发的土地上新建青年林，红领巾林，大学生林和入团、离团及青年结婚纪念林等。现在这里已建成青少年绿色度假村。

1994年3月12日，"将军林"在朝阳区的中华民族园诞生了。

中央军委、解放军三总部、驻京部队、武警部队的78名将军和90多名指战员，在位于朝阳区的中华民族园栽植银杏、国槐、云杉和桧柏等240棵，为"将军林"。

中央军委副主席张震、国防部部长迟浩田、解放军总参谋长张万年、总政治部主任于永波、总后勤部部长傅全有等将军参加植树。

1996年3月10日,张震、张万年、迟浩田和总后勤部部长王克,总政治部副主任王瑞林等110位将军,在大兴县榆堡乡的沙荒地上植树,营造了"将军林"。将军们分别栽下15棵白皮松和15棵银杏树,象征开展全民义务植树运动15周年。另外,他们还栽了100棵大规格的毛白杨和桧柏树。

1996年4月7日,王平、李德生、杨成武、张爱萍、陈锡联、萧克等33位,为新中国成立立下汗马功劳的老红军,在位于大兴县榆堡乡的沙荒地上,栽下60棵具有象征意义的青松。

这些年逾古稀的革命老人营造这片"红军林",目的是要告诉年轻人,当年革命前辈爬雪山,过草地,进行了对全世界产生深远影响的二万五千里长征,这种真诚信仰和无私无畏的奉献精神,不仅是中国人民的宝贵财富,也是人类共同的宝贵遗产。

还有"成人纪念林",是1995年4月1日,由共青团北京市委组织首都中学生在西山国家森林公园开辟成人树绿化营地,种植成人树。

1996年10月,在全国人大常委会副委员长陈慕华的倡导下,由中国绿化基金会资助,在北京怀柔县雁栖湖畔建立了我国第一处伊甸园幸福林基地,规划占地面积173.3公顷,当年10月12日举办了首次婚庆植树活动。

1997年3月30日，陈慕华和首都各界1000多人，在北京怀柔县雁栖湖畔参加植婚庆、喜庆幸福树、纪念树活动。

为迎接1997年7月1日香港回归祖国，1997年3月28日，北京市领导和93个市级机关的2000名干部，在圆明园遗址公园荒地上植树2000棵，建成"香港回归纪念林"。

1997年3月31日，全国人大常委会副委员长布赫和北京市领导，香港十大杰出青年代表郁德芬女士和首都杰出青年代表，以及北京、香港各界青年代表1000余人，在京九铁路北京段的大兴县魏善庄乡，共同栽植侧柏、杨树、龙爪槐等1997棵，并竖立了京港青年纪念林碑。

1997年4月28日，又有3000名北京市国家机关干部在颐和园栽植常青树1997棵，并竖起香港回归纪念林石碑。

为迎接1999年12月20日澳门回归祖国，1999年4月5日，共青团北京市委、首都绿化委员会办公室和大兴县政府，组织1000余名北京和澳门青年，在大兴县魏善庄乡京九铁路沿线栽植杨柳、槐树、柏树1999棵，竖起京澳青年纪念林碑，象征澳门将回到祖国怀抱。

1998年7月19日，由北京绿化基金会资助，北京中学生代表在昌平县九龙池营造"跨世纪人才林"。

1999年3月17日，中共中央政治局候补委员、书记处书记曾庆红和中共中央直属机关部级领导 44 人，全国绿化委员会委员、中共中央直属机关局处级领导和青年代表 70 多人，到位于北京市丰台区的世纪森林公园植树 2000 棵，以纪念植树节 20 周年和迎接 21 世纪的到来，并竖碑留念。

驻京部队还建造了"世纪林"。1999 年 3 月 18 日，张万年、迟浩田等 91 位将军，在北京市委书记贾庆林、市长刘淇的陪同下，在北京永定河畔营造了驻京部队"世纪林"，共植树 2000 棵。

中央国家机关也建造了"世纪林"。1999 年 3 月 18 日，中央国家机关 145 位部级领导干部与 500 多名干部职工，在北京永定河畔世纪森林公园植树，营造"中央国家机关世纪林"，植树 2000 棵。

除此之外，首都人民还建造有"常青、健康纪念林""劳动模范世纪林""中日友谊林"。

1999 年 3 月 26 日，首都新入伍的战士和新入学的中学生，以及金婚、银婚和新婚夫妇代表，在密云县城南植"常青纪念林"。

1999 年 3 月 27 日，由北京绿化基金会、昌平区政府和北京天衡时代科技集团，共同在昌平县九龙池营建"天衡健康林"。

1999 年 4 月，北京市劳动模范代表栽植"世纪林"。

在八达岭林场，早在 1972 年中日建交后，日本首相田中角荣赠送给周恩来象征中日两国人民友谊的礼物，即日本落叶松苗木。

1973年3月22日,这份珍贵的礼物被栽植在北京市八达岭林场内的长城北侧,共150株,被命名为"中日友谊林"。

1992年4月1日,由中国绿化基金会、中日友好协会、首都绿化委员会和日本沙漠绿化实践协会共同发起,在顺义县潮白河畔栽植水杉2000棵,象征中日邦交正常化20周年和中日友好进入21世纪。中国绿化基金会名誉主席万里,亲笔题词"中日和平友谊林",竖碑留念。日本沙漠绿化实践协会会长远山正英先生,参加了纪念碑揭幕仪式。

1993年7月25日和1994年3月30日,林业部、中国绿化基金会和日本绿化访华团人士,两次在八达岭长城脚下营造"中日友谊纪念林"。

为庆祝中日恢复邦交正常化和中日和平友好条约缔结20周年,中日双方共同出资,在1998年春天兴建了"卢沟桥中日友谊林"。

该友谊林位于北京市丰台区卢沟桥南永定河东岸,面积为10公顷。纪念林共栽植各类树木30余种、1.2万株,并在林内修建了一座面积为一公顷的林中园。园林设计以草坪为主,配以日式凉亭一座、花架一组。园中西侧立有日本驻华大使谷野作太郎题字的中日友谊林纪念碑。

1984年春,为加强和促进中国人民和世界各国人民的友好往来，在美籍华人教授袁晓园女士的倡导下，在昌平县定陵南河滩营造"北京国际友谊林"，总面积 60 公顷。

1984 年 4 月 5 日，国际友人 200 余人，同我国有关方面负责人和首都群众一起，栽植油松、侧柏、桧柏、干头椿、玫瑰和黄刺梅等 1600 棵，友谊林外围种干头椿、垂柳防护林带。

1984 年秋，日中青年友好代表团 215 人，又在这里栽植了 230 棵珍贵的华山松，并竖起中日友谊之树万古长青碑。

1985 年春夏秋三季，"国际友谊林"连续接待多批国际友人，栽下友谊长青树。

1987 年 4 月 9 日，有 70 个国家驻华使节、99 个国家的在华留学生及部分外国专家共 300 余人，种下了 300 棵北京的市树：国槐和侧柏。

多年来，先后有 108 个国家的 8000 余人，栽植各种树木上万棵。

袁晓园女士曾赋《国际友谊林颂》一首：

中国有特色，四海一家人。
嘉宾来植树，三载已成林。
友谊林永绿，美化世人心。
环球成翠带，接壤尽芳邻。
干戈化玉帛，举世享升平。

1994年4月3日,陈慕华和孟加拉国、约旦、肯尼亚、古巴、以色列等20多个国家的女大使、大使夫人、女外交官及中外妇女共200余人,在通州八里桥北侧植树,营造"'三八'国际友谊林"。

1995年4月1日,又有来自世界五大洲的40多个国家和国际组织、地区组织的驻京女大使、大使夫人、女外交官等150余人,来此栽植500余棵纪念树。首都各界的妇女代表、女专家、女教授等1200人参加了植树活动,共栽植油松、侧柏、银杏等5000多棵。

1999年4月4日,全国人大常委会副委员长彭珮云,与20多位国家各部委的女部长、首都各界妇女代表、中小学生及来自31个国家的驻华大使、大使夫人、女外交官等600余人,来到这里植树1000余棵,并举行了"'三八'国际友谊林"揭幕仪式。

此后,还建造了"世界妇女友谊林"。这座具有特殊意义的"世界妇女友谊林",是1995年9月6日由中华全国妇女联合会和中国绿化基金会共同发起,在怀柔县城水上公园营造的,占地2.67公顷。

联合国第四次世界妇女大会非政府组织论坛的500名代表参加植树,栽种侧柏500棵。

第四次世界妇女大会中国代表团团长陈慕华,为世界妇女友谊林亲笔题字,并在植树仪式中致辞,国务委员彭佩云为世界妇女友谊林纪念碑揭幕,并参加植树活动。

  1999年9月2日,参加第二十二届万国邮政联盟大会的170个成员国的300多名代表,来到北京八达岭长城脚下榆林古驿站旁,栽下了邮联大会历史上第一片国际纪念林,留下了纪念。

召开全国青年造林大会

1979年3月,在全党工作着重点向社会主义现代化建设转移的第一个春天,来自全国各省、市、自治区的800名代表,出席了在革命圣地延安召开的全国青年造林大会。

3月2日,时任中共陕西省委第一书记的王任重,在全国青年造林大会上发表讲话。王任重指出:

全国各地共青团、林业战线的领导同志和青年造林先进集体、个人的代表,今天聚集在革命圣地延安,开全国青年造林大会,这是一件很有意义的事情。我代表中央领导同志,代表国务院向大家表示热烈的祝贺。

……团中央和林业部曾经在这里召开过一次五省、区的青年造林大会。当时,代表们在这里种的树、造的林已经长大了,结果了。

关于林业的重要性,造林的重要性,党中央、国务院的贺电我看是讲得很清楚了,简单扼要,讲得很深刻。不久以前,有一个同志写了一封信给我,谈了他对发展林业的看法。

这位同志就是我们农垦总局的陈重同志。

> 他说，造林对发展我国农业是很重要的，应当把造林摆在比兴修水利更重要的位置上。无计划的毁林开荒，会造成巨大的灾难。我们的国家，将来会有一天变成沙荒。我们必须把眼光放大一些，放远一些，要看到我们国家有广阔的沙漠和草原，还有许多荒山秃岭。
>
> 过去周总理讲过，砍树是吃祖宗饭，种树是为子孙造福。如果只砍树不种树，或者砍得多，种得少，这就是为子孙造孽。对你们青年同志们来讲，造林既是为你们造福，也是为子孙后代造福。

此外，党中央、国务院给造林大会发来了贺电，给人们以巨大的鼓舞和力量。

1979年3月5日下午，全国青年造林大会在延安闭幕。

林业部部长罗玉川在大会上作了讲话：

> 为了加快林业建设，最近一个时期，党中央、人大常委会、国务院相继采取了几项重大措施。党中央、国务院要求到1985年，全国植树造林4亿亩，并强调要集中力量抓好西北、华北、东北西部"绿色万里长城"建设，抓好华北、中原地区四旁绿化和农田林网化，抓好

南方速生用材林基地建设，抓好以木本油料为主的经济林基地建设，抓好东北、西南林区采伐基地更新造林五项重点建设。打好林业建设这五个硬仗，我国的自然面貌将会发生巨大的变化。青年们一定要和林业战线的广大职工一起勇敢地承担起这个历史重任。各地要广泛深入地宣传绿化祖国的伟大意义，发动广大青年积极地担起绿化祖国的伟大历史任务；认真贯彻森林法和各项林业政策，充分调动广大群众和各行各业植树造林的积极性；必须实行科学造林，讲求实效，提高造林质量。

罗玉川还说：

今年开始，从中央到地方各级林业部门，要会同团组织对青年造林一年大抓几次，年终总结评比，并在各级林业会议、团的工作会议上总结交流青年造林经验，表彰和奖励在林业建设上作出优异成绩的青少年先进集体和个人，研究布置下一年的青年造林工作，有布置有检查地年复一年地坚持下去。今后每五年将召开一次全国青年造林大会。希望各地青年广泛开展造林竞赛，以优异的成绩向下次大会报喜。

大会号召全国青少年们，要积极响应党中央、国务院的号召，紧急行动起来，为加速绿化伟大祖国而奋斗。

在大会上，代表们一致通过了全国青年造林大会给全国青少年的倡议书。

倡议书中指出：

1. 树立不建成"绿色万里长城"非好汉，不绿化祖国不罢休的雄心壮志……

2. 争当绿化祖国的突击手……

3. 努力学习科学造林技术和先进经验……

4. 积极搞好优良种子采集和育苗。要自力更生，自己动手采种、育苗……

5. 当好护林的哨兵。要大力宣传和认真贯彻执行《中华人民共和国森林法（试行）》和国务院《关于保护森林制止乱砍滥伐的布告》。树立护林光荣、毁林可耻的新风尚……

绿化环境迎接亚运会

1989年春天,邓小平带着外孙女羊羊,到北京亚运村植树。这时,正是第二十九届亚运会决定在北京召开的前夕。

邓小平挥锹铲土,很快植完一棵树,然后高高抬起右手,用食指指向天空,感慨地说:

中国的月亮是圆的。

这话虽然不多,但耐人寻味,透露出国家领导人对中国办好亚运会与绿化环境的坚定信心。

其实,邓小平曾多次为绿化而参加植树活动。

早在1985年到1987年,邓小平曾连续3年在北京天坛公园植树。

那时,年过八旬的邓小平特意带着外孙女和孙子一起植树,其寓意是绿化事业要后继有人,要世代相传。

他种完一棵树后,对园林工人说:

我栽的这棵树要靠你们浇水、养护管理它才能活,靠我们干不了多少活,栽不了几棵树,我们就是倡导这么一种精神,希望全国人民人人动手，绿化祖国。

1988年，邓小平还是带着外孙女和孙子一起植树，这次植树安排在北京景山公园南门里路东，中央要求这次植树不要静园，不要惊扰老百姓，这给活动增加了许多困难。

中央警卫局和北京市公安局，为了确保中央领导的绝对安全，采取了必要的特殊措施，做了大量的协调工作。

邓小平一连栽了两棵四五米高的桧柏，然后愉快地望着亲手栽植的柏树，非常高兴。

邓小平倡导的走"全党动员，全民动手，全社会办林业，全民搞绿化"的全民义务植树运动之路，是符合我国国情的，是具有中国特色的绿化之路。

全民义务植树运动具有强大的生命力，对绿化国土和改善生态环境作出了巨大贡献。

随后，在20世纪90年代每年的植树时节，中央领导也纷纷拿起了树苗与铁锹，为亚运会增添绿色。

1990年4月1日，首都北京杨柳吐绿，春光明媚。日理万机的江泽民、杨尚昆、李鹏、万里等中央领导，来到国家奥林匹克体育中心参加义务植树劳动。

在北京市义务植树日，前来参加的中央领导人还有乔石、宋平、李瑞环、李铁映、李锡铭、秦基伟、丁关根、刘华清、温家宝等同志。

在体育中心游泳馆东侧的空地前,中央领导同志挥锹栽种,为位于首都北郊宏伟的亚运会工程增添无限春意。

在劳动中,江泽民直起身子,对杨尚昆说:"尚昆同志,你真行啊!"

杨尚昆笑着说:"我已经种了12年树了,还能种几年!"

栽好一棵玉兰后,李鹏扶锹远眺,望着新建的体育场馆,与刘华清、杨白冰交谈起来。

李鹏等领导人深情地谈起当年的南泥湾精神。他们表示,我们现在搞社会主义现代化建设,仍然要发扬当年的南泥湾精神。

曾经担任过全国绿化委员会主任的万里委员长说:"苗多树多了,首都绿化才会有一个大发展。"

中央领导人经过一段时间的忙碌之后,16棵苍翠的油松、100棵挺拔的望春玉兰迎风而立,沐浴在一片灿烂的春光中。

此后,广州又一次申办了亚运会。

2007年3月11日上午,由《广州日报》、大洋网和广州立白企业集团有限公司,联合共同主办的"关爱绿色家园·喜迎广州亚运"的爱心植树活动开始。

近120名热心广州市民、《广州日报》读者、大洋网网友、立白企业员工代表,与市文明办负责人、亚组委工作人员一起,在白云山碑林现场参与了植树活动。

活动现场，尽管天气不是太好，但不论是年轻时尚的情侣，还是其乐融融的三口之家，都认真地为小树苗挥锹培土、提桶浇水，然后开心地挂上有自己姓名的植树纪念牌。

植树完毕，人们纷纷与自己亲手栽种的玉棠春树苗一起合影留念，更有可爱的小朋友与小树苗互比高低。

参与活动的市民相信，经过他们亲手种下的玉棠春，一定能茁壮成长，为白云山增添新的风景。

这一片树林被称为"《广州日报》、大洋网、立白企业爱心林"。

2009年3月，《广州日报》为了迎亚运，举办了6万盆栽送市民活动。

对此，广州市副市长陈国说：

> 亚运时的广州将是一个姹紫嫣红、层林尽染的花城！

陈国还说，以往兄弟城市来广州参观，往往只看广州的工业、商业，现在我们也带他们去看广州的生态、绿化。他们看了以后都很惊讶，说广州经济这么发达，还以为是个光秃秃的城市，原来广州处处是绿！

以前我读书的时候，参加义务植树活动，常会发生树种下去就没人管的情况，树死了就再重新种，有的山头今年种过了，明年又是一片荒山。但现在群众的观念发生了很大改变，现在老百姓一看到有人砍树马上就会向林业部门、向绿委举报。

据报道：

> 2010年6月前亚运绿化工程将全部完成，21条宽度50到100米的林带将串联起重点的亚运场馆、森林公园、绿色生态旅游景点，形成生态高效的绿色廊道。

到时，市民开车去亚运比赛场馆欣赏比赛的路上，将会欣赏到风格独特的绿化景观，体验别具特色的"绿色广州亚运"。

广州市副市长陈国说，市林业局已经为亚运精心准备了20多套绿化搭配方案，将尽力打造一个"森林之城，四季花海"。而这种花海将用20多种花型搭配，不会重样。

陈国还说，未来两年，"青山绿地"重点将建设亚运场馆周边及沿线可视范围、亚运相关的城市主干道、城市主要出入口等绿化项目，尽快提高亚运相关重点地段的绿化水平。他说："现在我们正在开展青山绿地工程的第二期工作，在'绿色亚运'的理念下，我们会做到从城区到比赛场馆全部都要有绿化连接。"

这些场馆的建设是否会千篇一律的只是"绿"呢？陈国表示，林业部门已经精挑细选了20多种乔、灌木在亚运城周边，连接赛场和广州亚运城的主干道、匝道、出入口、立交桥等广泛种植，而且，这些树种的盛花期均在10月至12月，刚好与亚运会的日期吻合。

他们计划当年上半年完成前期准备工作，年内全面动工，2010年6月前完成全部亚运绿化工程。

此外，南沙港快速路、京珠高速公路、地铁4号线，都是连接广州中心城区与亚运村的重要交通干线，这些地段会不会随着亚运会的临近而来一个升级和"变脸"？

陈国说，正在实施的迎亚运森林城市建设计划中，林业部门将重点打造广州南部的3条绿色景观大道，包括升级、优化南沙港快线和京珠高速番禺、南沙段景观林带和新建地铁4号线的林带。

南沙港快线和京珠高速番禺、南沙段林带的升级、改造工程，将着力多层次地增加四季开花的乔、灌木。在有条件的地段，用组团式的绿化手法，将林带拓宽至50到100米，形成多层次、多色彩的连通城乡的森林大道。另外，沿线的鱼塘、水体也将全部保留，种植蒲桃、落羽杉、水翁、红千层等耐湿树种，突出南国水乡特色。

另外，除了林带建设、改造工程以外，林业部门还将在以上路段的石基、清河、庙贝沙、细沥、化龙等重要出入口、立交、匝道，因地制宜地建设标志性的绿化景观节点。在建设中将充分考虑各节点的地形地貌，从"车行视点"出发，运用植物群落理念，营造富有岭南特色的绿化景观，"走在路上，就要有树、有林的感觉"。

陈国说，广州亚运会的绿化，将以本土树种为主，不过也不排除会种植一些亚洲其他国家常见的特色树种。

2009年是我国设立"植树节"30周年。面对30年国内的绿化建设，陈国感慨道，义务植树搞了30年，除了变好外，我们最重要的理念就是要提升老百姓对绿化的认识，让百姓爱绿、护绿！

陈国笑着说，在市委、市政府的领导下，从2003年开始，广州已经开始进行"青山绿地、碧水蓝天"工程，投入达400多亿元。在近5年内，广州的绿化投入也以每年22.48%的速度增长。

2009年3月15日，羊城交通广播电台和广州交警支队，共同主办了《和谐亚运、安全交通——2009绿色行动》，组织广大车友把汽车文化和环保结合起来，通过亲自动手种树，增强环保意识。

这次绿色行动在白云山云溪生态公园举行，活动得到广州亚组委的大力支持。

南方传媒集团副总编辑、广东电台副台长谭天玄，广州亚组委运动会服务部副部长马玉明，广州市交警支队副支队长吴广惠，以及奥运举重冠军陈晓敏、羽毛球世界冠军余锦豪，歌手廖寰、王子健等，与近600名市民，一起种下了一片接近200棵爱心树苗的"亚运公益林"，以实际行动绿化广州，迎接亚运。

在活动启动仪式上，嘉宾歌手率先为车友们送上一首首好听的歌曲，奥运举重冠军陈晓敏也大展歌喉，与歌手韩汶峰合唱歌曲《把光荣和梦想举起》。

而羽毛球世界冠军余锦豪,则与车友玩起了互动游戏《亚运对对碰》,参加互动的车友获得了一份份精美礼品,现场掀起了一个又一个高潮。

启动仪式结束后,嘉宾和热心车友来到植树绿化区,挽起衣袖,拿起工具,将一棵棵小树苗种下,为绿色广州、绿色亚运,献出自己的一分力量。

现场所见,不少热心市民都是一家大小出动,即便是只有几岁的小朋友,也在爸爸妈妈的帮助下,拿着铲子为小树苗松土,然后亲手挂上写着祝愿的心意卡。

家长们都纷纷表示:

>要让孩子从小树立环保、绿化的意识,之后会每年都带着小朋友来看看小树苗。

开展保护母亲河植树活动

2006年6月5日是第三十五个世界环境日，大大小小的纪念和宣传活动纷纷展开了。

每年的这一天，都提醒人们要重视环境保护，要为子孙后代留下一片碧水蓝天。

"保护母亲河行动"是一项大型的群众性社会公益活动，由保护母亲河宣传教育活动、保护母亲河工程和保护母亲河基金三部分组成。主要目的是动员包括青少年在内最广大的社会力量，在哺育中华民族的母亲河——长江、黄河等江河湖泊流域植树造林、保持水土、防治污染，倡导和树立绿色文明意识、生态环境意识和可持续发展意识，为国家生态环境建设作贡献。

由于"保护母亲河行动"符合党和政府要求，顺应社会发展趋势，满足了广大人民群众参与生态环境建设的热切愿望，再加上具有"5元钱捐植一棵树""200元钱捐植一亩林""小事做起来，保护母亲河"的公众参与方式，以及工程化建设、基础化管理等一整套科学机制，其一经推出，便受到了社会各界的热情关注和积极响应。

这一活动逐步成为社会公众参与国家生态环境建设的重要途径和对青少年进行生态环境和爱国主义教育的有效载体。

保护母亲河行动的发展,标志着青少年生态建设活动迈入一个新的历史进程。

在组织形式上,实现了由单一依靠共青团组织发动,到以共青团组织实施为主,人大、政协积极参与,政府部门大力支持的转变。在实施的内容上,实现了以植树造林为主到全面参与生态环境建设的转变,在参与的主体上实现了由单一组织发动青少年到以青少年为主,牵动广大社会公众的转变。

国家在黄河流域修建了以小浪底工程为代表的3000多座水库,总库容已相当黄河的年径流总量;黄河下游1300公里的大堤普遍加高加固3次,水土流失面积的五分之二得到治理;林业部门决定用"5元捐植一棵树,200元捐植一亩林"的方案来保护黄河;环保部门也决定要将污染黄河的工厂查封。

随着社会的不断发展,保护母亲河行动面临着新的机遇和挑战。

在保护母亲河的倡议书中,有这样一段话:

> 千百年来,黄河孕育了古老而伟大的中华文明,哺育了一代又一代中华儿女。黄河是流域经济、社会发展的生命线。现在,她仍在供养着1.4亿人口、160万公顷耕地、50多座大中城市。
>
> 保护母亲河,保护生态环境,是落实科学

发展观，构建社会主义和谐社会的具体举措，是功在当代、利在千秋的大事。

作为一个炎黄子孙，我们更应该保护我们的母亲河，应在全社会提倡倡导、树立绿色文明意识和可持续发展意识，社会各界的人士广泛认同和大力支持保护母亲河的行动。

各省市各级环保部门要严肃处理，落实整改方案，监督恢复保护区生态环境。

近年来，保护母亲河行动组织动员3亿多人次青少年参与，面向海内外筹集资金2.5亿元人民币，建设了1103个面积达399万亩的造林工程，与30多个国家和地区开展了生态环保国际交流与合作，保护母亲河行动已经成为广大青少年和社会公众参与国家生态环境建设的重要途径，成为对广大青少年和社会公众进行生态环境意识教育的重要载体。

温家宝在政府工作报告中提出了"让人民群众喝上干净的水，呼吸新鲜的空气，有更好的工作和生活环境"的环境保护和生态建设的奋斗目标。

2006年3月9日，全国保护母亲河工程山东济南项目——解放军青年林暨山东省保护母亲河行动义务植树月活动在济南全面启动。

解放军青年林工程由全国保护母亲河行动领导小组主办，由共青团山东省委、济南军区政治部组织部和共青团济南市委、济南黄河河务局具体承建。

保护母亲河山东济南项目解放军青年林，属于全国保护母亲河重点工程之一，是团中央、解放军总政治部在山东实施的第一个项目，也是第一次在省会城市和大军区驻地实施的项目。

该项目位于山东省济南市槐荫区、天桥区黄河淤背区和山东省青少年实践教育基地内，总面积达6500亩，首期以栽植芙蓉树为主。

该项工程得到了全军各级领导机关和共青团组织的大力支持，全军广大青年为该林捐款130万元，故命名为"解放军青年林"。

"解放军青年林"凝聚了全军青年对母亲河和建设祖国美好未来的赤子之情。建成之后，将进一步减少黄河风沙对济南的危害和影响，有效补给市区泉群地下水，形成济南南北特有的优良生态系统，对美化绿化泉城，保护黄河生态环境将发挥极为重要的作用。

截至2006年3月8日，保护母亲河工程山东济南项目解放军青年林碑落成，标志着整个工程开始启动。

全国人民积极参与植树

2007年3月8日上午，清远市委书记、市人大常委会主任陈用志，市委副书记、市长陈家记，率领市领导成员及部分机关干部，到广清大道百嘉段的植树现场参加义务植树。

冷空气没能挡住春天的脚步，大地又到了万物复苏的季节。当天早上刚下了一场雨，当领导干部要植树的时候，天就放晴了。

领导们兴致勃勃地参加劳动，有的扶着树苗，有的挥锹培土，种下的树苗还检查一下种好没有。大家边种树边交流经验，干得热火朝天，顾不上清理鞋上的泥巴。

市区的义务植树活动与以往不同，植树的地点选在广清大道百嘉至银盏全长11公里的路段两旁的绿化带，有关部门共准备了1.2万多株桉树苗，由参加义务植树的单位自备交通车辆及锄头等劳动工具，到现场植树。

另外，符合参加义务植树年龄的市直在校学生，也安排参加市区公共绿地的绿化劳动。

2007年3月，青岛团市委联合市绿化委员会、市林业局、市志愿者协会发动全市各级团组织采取多项措施，开展大规模的植树造林和绿色文明宣传活动。

此活动的主题是：

绿色奥运志愿者林
我为奥运种棵树，建设美好绿家园

为了搞好这次活动，青岛团市委一是广泛宣传，营造氛围，吸引社会公众参与。

青岛团市委自2004年发起"绿色奥运志愿者林"建设活动。在2004年到2007年间，每年3月份到4月份，都规划一处300亩左右的林址，广泛招募志愿者，动员社会各界积极参与造林绿化。

为方便市民参与"绿色奥运志愿者林"建设，团市委开通了报名服务热线，接受市民报名，解答市民咨询。

社会各界群众反响热烈，踊跃参与，共接到2500多人报名，人员涉及企事业单位员工、社区群众、车友、网友等各类社会群体。

二是突出重点，项目带动，开展植绿护绿活动。

青岛团市委抓住"绿色奥运志愿者林"建设和"绿色使者进社区"两个重点，有效推进植绿护绿活动。

3月18日上午，团市委在市政府广场举行了"绿色奥运志愿者林"启动仪式，志愿者代表向青岛全市青年发出了"共建和谐家园"的倡议。

启动仪式后，领导人与社会各界的1000多名志愿者一起，在李沧区上王埠西山参加了植树活动，栽下了一万余棵黑松和黄栌。为建设生态城市、迎办绿色奥运，增添了片片绿意，用实际行动装扮了美丽的家园。

另外，青岛团市委联合市园林技术学校，开展"绿色使者进社区"活动，组织技校的老师和学生深入社区，举办了一系列讲座，为居民讲授室内绿化、社区美化的知识，传授插花艺术等有关技能，受到社区居民的热烈欢迎和一致好评。

三是协同互动，资金扶持，深化植树造林活动。

2007年3月，青岛团市委与下级团委协同互动，以"青少年绿化基地"建设为重点，广泛组织广大团员青年，开展大规模植树造林活动。

到这次活动结束，青岛全市各级团组织共发动青少年3万余人次，建设"青少年绿化基地""共青团林""青少年林"等各类林地，累计面积达1800余亩。

2008年3月12日，在传统的植树节里，百色市各地交管部门在紧张工作中，积极响应党委政府号召，参与各地植树造林活动，为荒山绿化贡献自己的力量。

由于1月上旬到2月上旬，地处高原山区的乐业县冰冻灾害极为严重，林业损失较大，不少树木被冰雪压垮或冻死，森林防火形势严峻，生态环境受到严重破坏。

为消除火灾隐患和改善乐业县脆弱的生态环境，县委、政府号召全县干部职工，积极投身清除枯枝树叶和大力种植树木等公益活动。

3月12日，为响应县委、政府的号召，为灾后重建出份力，乐业县公安局交警大队组织全体干警，带着锄头、铁锹等工具，到大石围景区开展清除枯枝树叶和植树造林活动。

在活动中，该大队共清除枯枝树叶两吨多，消除火灾隐患37处，植树造林200多株。

凌云县积极响应绿化活动，这个县一直是"全国绿化模范县"，为巩固这一荣誉，全面实施了生态立县工程。

凌云县在该县六伏沙石场附近，开展了集体义务植树活动。凌云县公安局交警大队响应号召，积极参加义务植树活动。

3月12日上午，尽管天下着蒙蒙细雨，但阻挡不了民警的植树热情，到六伏沙石场植树点后，植树现场处处洋溢着热火朝天的劳动景象。

大队领导主动带头、率先垂范，广大民警和协警热情高昂、奋勇争先地干了起来。他们有的挖坑，有的拿树苗，有的扶苗，有的浇水。

同时，西林大队民警也积极响应当地县委、县政府的号召，从繁忙的交通安全管理工作中挤出时间，登上西林县八达镇旺子山参加义务植树活动，以实际行动迎接2008年北京奥运会的到来。

9时，各中队除留守必备人员外，所有民警及协管员，携带劳动工具，纷纷赶往植树地点，参加旺子山上的义务植树活动。

西林县城近期的气候极为闷热，民警们发扬连续作战、艰苦奋斗的精神，大家抡起锄头深挖树坑，小心翼翼种下树苗，细心培土浇灌。

部分人员还给以前种下的小树除草松土，有的民警甚至从山下挑肥泥上山，给小树培土。

大伙干得热火朝天，尽管满头是汗，但笑声不断，大家因能为家乡的绿化、美化献上自己的一分力量而感到高兴。此外，田阳县公安局局机关和交警大队的部分民警也积极参与植树绿化活动。

广大民警在局长韦明昌的带领下，来到县林业局划定的植树责任区，按照规定的标准认真开挖树坑，种下树苗并为其浇水，保质保量地完成了植树任务，为绿化敢壮山贡献自己的一分力量。

由于前来植树的单位和人员太多，敢壮山周边进出道路出现拥堵，交警大队长甘家科与几名民警一起进行指挥疏导，保障了植树活动的顺利进行。

2008年3月12日，在深圳市大运会展馆附近的"大运林"，彩旗飘扬，植树活动在这里举行。

大红横幅，在以黄土和绿树为主色调的铜鼓岭上分外醒目，上面写着：

建设绿色通道，美化绿色家园。
添一抹绿色，拂一缕清风。

深圳市龙岗区铜鼓岭的"大运林"沐浴在一片春光

中，市领导和市区机关干部们挥锹培土，栽下一棵棵挺拔的树苗，播撒下片片绿意。

9时30分，市领导拿起铁锹，走进大运林，与机关干部们一起开始植树。第一棵是尖叶杜英，市领导们先把树放入树坑，认真扶正，再培土、踩实，然后浇上水。紧接着，他们又栽下了火焰木和毛丹等树。

看着眼前热火朝天的植树场景，市领导同有关方面负责人谈起深圳采石场的复绿问题。

市领导说："深圳的不少采石场裸露得厉害，一定要想办法尽快复绿。"

市领导还提出，采石场由谁开采，就要让他包干，由其负责复绿；此外，属于哪个区，就由哪个区负责。

植树间隙，市农林渔业局局长赖志平，向市领导介绍说："我们正进行环境改造，今后，不管从哪条路进入大运会主场馆，都能看到非常美的绿色景观。"

4500多名市区机关干部来到大运林义务植树，植树面积达280亩，植树3.28万株。

中央机关开展迎奥运植树活动

2008年4月5日上午，党和国家领导人胡锦涛、吴邦国、温家宝、贾庆林、李长春、习近平、李克强、贺国强等来到北京奥林匹克森林公园，同首都劳动模范、奥运志愿者和少先队员代表一起植树。

这天是第二十四个首都全民义务植树日，北京近200万干部群众前往各个植树点，加入植树造林、绿化首都的行列。

位于奥运会主会场北侧的北京奥林匹克森林公园里，杨柳吐绿，鲜花绽放，到处春意盎然。2001年以来，党和国家领导人先后5次到这里植树。经过首都各界群众坚持不懈的努力，在公园里共种下各种苗木约50万株，基本完成了绿化任务。

上午10时许，胡锦涛等党和国家领导人来到奥林匹克森林公园植树点，参加义务植树活动。胡锦涛拿起铁锹，同首都劳动模范和北京市、国家林业局的负责同志一起铲土，一连种下一棵白皮松、一棵华山松和一棵紫玉兰。每种下一棵树，总书记都亲切地招呼少先队员，提起水桶给树浇水。

胡锦涛一边种树，一边向有关负责同志询问这些年植树造林的情况，并叮嘱一定要落实责任，加强管理，提高树木的成活率。

　　胡锦涛对大家说，全民义务植树活动，是动员全社会参与生态文明建设的一种有效形式。我们今天多种一棵树，祖国明天就会多添一片绿。全国人民持之以恒地开展植树造林，我国生态环境就一定能够不断得到改善。

　　植树现场一片忙碌，领导同志和首都干部群众、少先队员代表一起干得热火朝天。他们有的挥动铁锹往树坑里填土，有的在种下一棵树后把土培实，有的和少先队员一道给新种下的树浇水。

　　在植树过程中，领导同志还与身边的干部群众亲切交谈，询问他们的工作、学习和生活情况，畅谈北京和祖国的美好未来。

　　经过一上午的紧张劳动，大家种下了几百棵树木。在和煦的春风中，一棵棵树木昂然挺立，焕发出勃勃生机。

　　植树活动结束后，胡锦涛等党和国家领导人又兴致勃勃地登上奥林匹克森林公园的最高点仰望山顶，察看近年来公园的绿化成果。

　　放眼望去，整个奥林匹克森林公园草木葱茏，不远处的北京奥运会主会场"鸟巢"和国家游泳中心"水立方"格外壮观。

　　看到这一带的环境如此优美，胡锦涛等中央领导十分高兴。在认真听取首都绿化情况介绍后，胡锦涛说，北京市这些年绿化工作很有成绩，特别是建成了北京奥林匹克森林公园，使北京多了一片"城市森林"。现在离举办北京奥运会和残奥会越来越近了，我们要进一步弘扬"绿色奥运"理念，吸引更多的市民参与到植树造林、美化环境的活动中来，以良好的环境迎接各国体育健儿的到来。

中央和国家机关有关部门以及北京市的负责同志也参加了植树活动。

2008年4月11日上午，全国人大常委会副委员长路甬祥、华建敏、陈至立、李建国、司马义·铁力瓦尔地、桑国卫和部分常委会委员、全国人大各专门委员会主任委员，来到北京市丰台区北宫森林公园，参加义务植树。

北京市人大常委会主任杜德印，副主任刘晓晨、吴世雄也参加了植树活动。

北宫森林公园是北京西部生态带建设的重要组成部分，是2004年以来全国人大机关每年义务植树活动的固定地点。

在植树现场，前一天刚刚下过的一场春雨使杨柳格外青翠、空气格外清新。上午9时许，全国人大常委会的领导同志们和机关干部有的挖坑、有的填土、有的培土、有的浇水，干得热火朝天。

4年来，全国人大常委会组成人员和机关干部已在公园种植了数千株油松、玉兰、碧桃等树木，绿化面积近200亩，成活率保持在95%以上。

2008年4月2日上午，春光明媚，微风拂面，全国政协副主席阿不来提·阿不都热西提、张梅颖、孙家正、郑万通、罗富和、陈宗兴、王志珍等和全国政协机关工作人员近 400 人，来到十三陵水库东河滩进行义务植树，用实际行动为绿色奥运尽一份力。

在北京市昌平区十三陵水库东河滩上，呈现出一片热火朝天的劳动场面。全国政协机关工作人员们挥起铁锹，铲起土壤，仔细地覆盖到树苗的根部，踩一踩，再浇上一桶水。

"近年来义务植树的成活率怎样？"几位全国政协副主席在义务植树的人群中，一边关切地询问昌平区相关的生态环境问题，一边一丝不苟地植树。

在植树现场，劳动者们有着共同的宣言，那就是：

为了让北京的天更蓝、地更绿、水更清，为了迎接 2008 年奥运会作出自己的贡献。

种植现场有一位劳动者说："北京昨天刚刮了一场大风，希望植树造林能进一步改善生态环境。"

此时，已经连续种了 12 棵树的全国政协副主席、民盟中央第一副主席张梅颖，得知全国政协机关义务植树的这片河滩，紧邻 2008 年奥运会三项比赛的场地时，她便又拿起了铁锹。她说：

今年是奥运年，北京的生态环境也是大家

关注的重点，我们每个人都应当为奥运多做一些力所能及的事情。

全国政协副主席郑万通，为自己亲手种下的白皮松培上一锹土后，说：

> 全国政协历来重视生态环境建设，各专门委员会每年都有不少与生态环境保护相关的各种调查研究和建言献策。义务植树也是为了保护环境，建设共同的绿色家园，这样的活动非常有意义。

2008年，全国政协就绿色奥运京津冀空气质量保障方案落实情况，以及三江源地区、长江中上游地区生态环境保护问题进行跟踪调研，与有关部门联合开展多年的"关注森林""保护母亲河"等活动也继续开展。

三、绿化标兵

● 单昭祥常说:"绿色是生命的底色,我们这一代人要交给下一代一个什么样的产业?不是工厂,不是银行,不是高楼大厦,而是优美的环境,是人与自然的和谐发展。"

● 这个淳朴贤淑的农村妇女牛玉琴却说:"其实,这是我的责任,我要当好致富的带头人,沙漠绿化的带头人。"

● 1991年,马永顺已是78岁高龄的人了。他掐指算了一下,还差近千棵树没有还上过去的采伐"欠账"。这年春节,他开了一个家庭会议,动员全家每年都要跟自己上山造林。

石光银带领乡亲治沙造林

1984年,陕西省定边县农民石光银联合其他农户,先后举债1000多万元,承包治理荒沙、荒滩22.8万亩。

经过几年治理,他们在荒沙、荒滩上植树2000多万株,经济价值高达5000多万元。此后,石光银也成为全国的劳动模范。

可以说,陕北汉子石光银为拔掉穷根,锁住黄沙,他几乎卖光了所有家当,但仍坚守着"生命不息,治沙不止"的信念,带领着乡亲们在人迹罕至的荒沙滩里植树种草。那么,他做这一切又是为什么呢?

石光银出生在毛乌素沙漠南缘的定边县海子梁乡四大壕村。他回忆过去的一段时光说:"我是在沙窝窝里长大的,从小就受够了风沙的罪,长大后治沙、栽树,罪也受大了。"

回忆起往日的艰辛,他格外动情:"我8岁那年,和邻居一个5岁的小男孩一起放牲口,一场沙尘暴把我俩吹散了。3天后,父母才在15公里外的内蒙古一个老乡家找到我,而那位小男孩却不知被黄沙埋到了何处。我当时就想,黄沙太可恨了,我一定要治住它!1984年初,国家'允许个人承包荒沙,所造林木谁造谁有'的政策刚一出台,我立即辞去了农场场长的职务,与海子梁乡政府签订合同，承包了乡农场 3000 亩寸草不生的荒沙地。"

在石光银的记忆里，不到三四年，黄沙就要埋没一次房屋，他跟随父亲共搬了 9 次家。沙害让石光银从小就有了与沙漠抗衡的想法。

石光银在 20 岁那年，担任了生产队长，为锁住黄沙、拔掉穷根，几年里，他带领群众累计治理荒沙 14 万亩、治理盐碱滩 5.5 万亩，在毛乌素沙漠的南缘，营造了长 63 公里、宽 6 公里的绿洲。

1984 年，石光银联系了 7 户农民，成立了"石光银治沙集团有限公司"，成为全国个体承包治沙第一人。当年，他就承包了 3000 亩荒地，种上了树苗，让黄沙披上了绿装。

对于这一段时光，石光银回忆说：

> 要在 3000 亩沙地上栽树，仅买树苗一项就需现款 10 万元。我们 7 户人家拿出了全部积蓄，总共才 750 元。
>
> 一天中午，趁婆姨不在家，我偷偷将家里的 84 只羊和 1 头骡子赶到集贸市场。
>
> 半路上，我两个女儿和婆姨追上来，她们娘仨哭天喊地，拉着我的衣服不松手，跪在我面前，求我不要卖牲口，全家人的所有开销都靠它们呀！

我恼了:"你这婆姨,自己吃的沙子还不够,还要让子孙辈辈吃下去?这恶沙不除,穷根不拔,我石光银枉活一世。"说这话时,我自己的眼泪也不知怎么就掉下来了,但我还是扭过头,赶着牲口走了。

其他6户也都卖掉了牲口,我又从亲友那儿借了一点钱。

信用社的领导听说我们把牲口都卖了,白泥井乡、海子梁乡两个信用社破例给我贷了2万多元,总算凑足了买树苗的钱。

第二年,省里召开的林业会议对石光银进行了表彰,石光银兴奋不已,回来后,在条件最为恶劣的"狼窝沙"再次承包了5.7万亩荒沙。

治沙需要资金,石光银卖掉了家里的骡子、猪和几十只羊,东拼西凑买了十几万株树苗,住进了"狼窝沙"。20多年来,石光银的治沙公司先后承包治理了"狼窝沙""十里沙"等无人问津的荒沙地22.8万亩,荒沙被完全绿化固定。

治沙公司在治沙的同时,大办沙产业,先后办起了生态林场、秀美林场、养殖场、机砖厂、绿色野菜食品厂、纯净水厂和育苗基地等实体。公司现在除林木外的固定资产达数千万元,林木价值过亿元。

石光银先后被国家授予全国劳动模范、全国治沙英雄、全国绿化十大标兵、全国绿化先进工作者、全国绿化十杰、全国十大扶贫状元等荣誉称号。同时，还两次被邀请出席联合国国际防治荒漠化会议，介绍治沙经验。

2000年，石光银出席了全国劳动模范座谈会，并作了典型发言，受到中央领导同志的充分肯定。这一年，他获得了联合国粮农组织授予的"世界优秀林农奖"。

石光银曾10多次受到党和国家领导人的接见。诸多的荣誉更加激励了石光银的治沙情，石光银为自己许下了诺言：

生命不息，治沙不止。

2002年，他获得了联合国粮农组织授予的"世界林农杰出奖"。

2008年3月12日，是植树节，但对于石光银来说是个灰暗的日子。

石光银的儿子石战军到银川订购浇树用的水管，12日一大早，石战军急于赶回定边参加动员大会，6时50左右，在银川到定边的高速公路上发生了车祸，石战军不幸身亡。

石战军去世后，十里八村的乡亲数千人闻讯前来悼念，石光银的痛苦更是可想而知。

痛失爱子的石光银在儿子安葬的第二天，就重新投入到植树造林、治沙的工作中。石光银的治沙公司已经植树造林 671 亩，种植各类林木 7 万多株。石光银"生命不息，治沙不止"的精神感动着每一个人。

石光银说："我响应国家号召，承包治沙，现在林子造好了，随便砍伐肯定不行，谁那样做我首先跟他急！但我那 6 万多亩林子都已长成，可以也应该抚育间伐，这对林地很有好处，国家不用出太多钱做补贴，我也可以自己滚动发展。听说有关部门正在研究这办法呢。"

说到这里，他的眼里透出了新的信心和希望……

单昭祥献身植树绿化事业

1985 年 3 月,胡耀邦同中央有关领导视察首都绿化。胡耀邦走到天坛东门时,问北京市委书记李锡铭:"北京什么时候栽树比较合适?"

李锡铭书记立刻喊道:"老单!"

单昭祥正在东门清理植树现场,听到喊声马上跑了过去。

胡耀邦问单昭祥:"北京什么时候栽树比较合适?"

单昭祥心里有准备,张口便说:"向后推到 3 月底、4 月初比较好。"

于是,胡耀邦就建议说:

那首都的义务植树日就定在每年 4 月的第一个礼拜天怎么样?

于是,这个建议就在北京市七届人大会议上表决通过,一直延续到今天。

胡耀邦总书记对绿化工作非常关心。

有一年,单昭祥陪同胡耀邦总书记从怀来、延庆视察回来后,胡耀邦高兴地对当时的北京市市长说:"我这次看到的山,统统都是绿的了!"

北京市市长马上意识到总书记还有没看到的山,是荒山。于是,立即召集绿化方面的人员开会。

单昭祥当时提出先调研一下再定。随后,调研人员从房山的云居寺到平谷的海子水库考察了一圈,测得迎山面23万亩土地中,有4万多亩是裸露的山石,无法栽树。

对此,市里管林业的于志民说:"学桃洼,爆破造林,赶快组织人去考察。"

单昭祥带队去河北邢台考察爆破造林,从中得到了一些启示。但邢台那里的山石是片麻岩,而北京4万亩裸露的山面是石灰岩。

于是,单昭祥就先在昌平和房山云居寺搞试验,小面积爆破造林。人们用钎子凿出洞爆破打出树坑,清出渣子,然后用背篓背土。一个树坑要背上十几筐土,一个春季浇了3次水,一连浇了3年。

头一年试验,树苗的成活率达到了90%多,大家觉得方法可行,就给市政府写了报告。

北京市委、市政府决定:

用爆破造林的方法在3至5年内消灭4万亩裸山。

市政府决定每亩投入700元钱开展爆破造林,并且算了一笔账,一亩地投入的700元钱仅够炸药和树苗钱,凿洞的工人工钱、浇水钱等都没有。

后来，采取"谁的孩子谁背着"的办法自行解决。年复一年做下来，越做越有经验，树苗的成活率也越来越高。

单昭祥在北京市朝阳区当区委书记时，正值彭真主持市委工作。有一天，市委的赵凡向单昭祥传达了彭真的意见：

> 在机场路两侧各30米栽树，可以针阔结合，乔灌结合。

单昭祥说："好，立即行动。"

于是，他们先在路两边栽了两行紫穗槐，长势非常旺盛。里面30米是东郊农场的土地，栽了好多桃树、葡萄、钻天杨、柳树等。紫穗槐长起来后，浓密的叶子遮挡住两边，形成了漂亮的景观。

直到现在，"杨林大道"这个名字一直沿用下来。

可以说，在首都绿化史上，绿化老人单昭祥占有重要地位。他连续15年，为党和国家领导人参加首都全民义务植树劳动现场服务。单昭祥任北京绿化基金会理事长后，通过融资、共建基地、营造各种纪念林等方式，开展各种绿化活动近30项，因此荣获"中国绿色贡献终身成就奖"。

单昭祥常说：

> 绿色是生命的底色，我们这一代人要交给下一代一个什么样的产业？不是工厂，不是银行，不是高楼大厦，而是优美的环境，是人与自然的和谐发展。

单昭祥是在 20 世纪 50 年代，由"红色事业"而转向"绿化事业"。邓小平倡导全民义务植树，单昭祥又全身心投入到全民义务植树运动中。他出任首都绿化委员会常务副主任兼办公室主任职务期间，获得了北京"绿化老人"的荣誉称谓。

1982 年，单昭祥主持首都绿化委员会工作。

首都绿化委员会与其他省绿委不同，管辖范围大，所有驻京的单位都管，包括中央直属机关、中央国家机关、军委、驻军等。

北京市市长为首都绿化委员会主任，农业部部长、林业部部长、国家计委副主任、铁道部副部长、三总部首长都是副主任，共青团领导、妇联领导、北京军区司令员、卫戍区司令员为首都绿化委员会委员。

当时，单昭祥是首都绿化委员会专职副主任兼办公室主任。首绿办都分头到军委、中央机关等绿委办征求绿化意见，召开座谈会，听取共青团、妇联绿委办的意见，然后将意见汇总形成一个方案，下发到各军兵种军区、各部委，落实地块、人数等。

首都绿化委员会从 1983 年至 1996 年的十几年间，每年都在人民大会堂召开一次 6000 人参加的绿化表彰大会。

中央书记处书记、国务院副总理、人大常委、政协委员、共青团和妇联的领导都到会。北京市市长主持会议，国务院总理讲话，单昭祥宣布表彰名单。每年都表彰几十个关心、支持绿化工作的部长、副部长。

1994 年 4 月 2 日，江泽民、李鹏、乔石、李瑞环、朱镕基、刘华清、胡锦涛等中央领导同志，到圆明园遗址公园参加首都全民义务植树活动。

筹备植树活动时，有人提建议，说能不能找点学生来配合一下。单昭祥觉得挺好，就向北京市委作了汇报。

植树当天，学生们排好队，唱着少先队队歌迎接中央领导。前来植树的领导们刚一下车，学生们就亲切地欢呼"欢迎爷爷奶奶来植树"，气氛非常轻松活跃。

栽完树后，江泽民等应少先队员们的要求，写下了"植树育人""圆明沧桑""努力学习，当好接班人"等祝词。

1996 年，已是 75 岁高龄的单昭祥从一线上退下来，积极组织筹建了北京绿化基金会，并担当理事长。

北京绿化基金会以改善和提高首都生态环境为目标，以提高公民绿化意识为准则，以培养和教育下一代为己任，积极响应党和政府的号召，广筹资金，艰苦奋斗，在植树造林绿化工作上，为政府做了些拾遗补阙的工作。

从 2001 年起，在单昭祥主持下，北京绿化基金会集中抓了两项重点绿化工程：

一个是由中国国际信托投资公司、北京绿化基金会和河北省宣化县政府三位一体合作建造的"中信黄羊滩万亩治沙绿色工程"。

另一个是由北京人民广播电台新闻台、北京绿化基金会和内蒙古多伦县政府，合作开展的"治多伦一亩沙地，还北京一片蓝天"的大型环保绿化公益活动。

其实，早在 2000 年春天，当第一次大的沙尘暴袭击北京的时候，单昭祥就想到了沙源肯定来自黄羊滩。黄羊滩位于河北省宣化县东南部，系永定河上游一级支流洋河流域内一特大沙滩，总面积 14.6 万亩。距北京的直线距离有 130 多公里，大风一起，沙尘飞到空中，两三个小时就到北京了。

如何能够治理好黄羊滩呢？时任北京市委书记的贾庆林，请中国国际信托投资集团公司董事长王军，关注一下北京周边地区的绿化。王军找到单昭祥，让单昭祥找一万亩荒地给他造林绿化用。

单昭祥说："北京界内现在已经没有这么大的面积可以植树了，但是，有个地方离北京 100 多公里，是直接危害北京环境的黄羊滩，就是路途远一点，环境艰苦一点。"

王军说："那不怕，只要对北京生态环境建设有利就可以，我们研究一下。"

北京大沙尘暴第二天，单昭祥带着人赶到黄羊滩，目睹了沙尘暴的肆无忌惮，当真是黑风头、黄风尾，三米开外看不到人影。

单昭祥当时攥紧了拳头发出誓言：

一定要发动全社会的力量，绿化黄羊滩，改造黄羊滩，还首都以碧水蓝天。

经过两年多的实地考察，"中信黄羊滩万亩治沙绿色工程"启动了。中信公司先期投入500万元，3年全面治理黄羊滩。

2001年3月，种植杨树、黄柳等200多亩，但遇上了百年大旱，地表温度在60度至70度之间，鸡蛋放进沙里都能熟。一春要浇8次水，每一棵树防烫纸要包8次，解8次。

单昭祥在验收播草出苗率时，经常趴在地上一棵棵地数，风刮起的沙子不时地迷进他的眼睛里，他停一下，用手揉一揉，用衣角擦一擦，然后接着数。最后，成活率高达90%以上。

为了保证所栽种的树木继续成活，宣化县委书记张志森在三方会议上，对县里的干部们下了死命令："北京人来栽的树，必须保证成活，这既是为了北京，更是支援咱们宣化，谁要是出了问题，就让他到南山根下边凉快去。"

后来，14万亩茫茫黄沙已经变成了满目绿洲。在单昭祥的关照下，中信公司决定成立"中信黄羊滩生态科技有限公司"，通过公司的造血功能，回报沙漠绿洲，以绿养绿，巩固绿化成果，解决了后顾之忧。

"治多伦一亩沙地，还北京一片蓝天——捐35元钱，献一颗爱心"的大型公益活动，是在单昭祥的运作下，由北京人民广播电台新闻广播、北京绿化基金会和内蒙古自治区多伦县人民政府联合启动的，当年捐款总额超过百万元。

通过飞播种草、营造黄柳沙障、栽植樟子松等切实可行的办法，使治理区的植被覆盖率，由原来的30%提高到70%以上。

多年来，哪里有绿色的召唤，单昭祥就走到哪里，在那里播下绿色的种子。他不仅为首都绿化默默地奉献着，而且还为兄弟省市友好交往和国际间的密切往来而奔波。

单昭祥陪同北京市市长和有关部门领导，在朝鲜大使馆举行过种植友谊树活动；与吉尔吉斯斯坦共和国有关部门互建过"中吉人民友谊林"；与北京环保基金会合作从日本善邻协会和民间绿化协会引进资金，在北京十三陵营造了"北京环保志愿者生态林"；与日本"中日友好樱花会"合作营建了"中日友好樱花园"等。

单昭祥具有丰富的工作经验和领导才能，德高望重，令世人敬仰。2006年单昭祥被全国绿化委员会办公室命名为"中国绿化老人",同年荣获联合国"地球卫士"奖提名奖。2007 年单昭祥被授予首都十大"感动之星",同年被亚太环境保护协会评为"中华环保名流 2007 口碑金榜"。2008 年单昭祥荣获"首届中国十佳绿色新闻人物奖",同时荣获"中国绿色贡献终身成就奖"。

单昭祥所带领的团队——北京绿化基金会,也于同年 12 月,被北京市公募基金会评估委员会评为中国社会组织最高等级"5A"级。

面对荣誉,单昭祥说:

> 我们就干了这么一点事,人民就给了这么高的荣誉和评价。我们不能辜负党和人民的重托。我们要继续努力,发挥余热,把绿化祖国,改善生态环境大业做好并传承下去。

王源楠帮助林农植树致富

1999年，评选领导小组经过认真细致的工作，评出了全国十大绿化标兵。福建省三明市三元区岩前林业站站长王源楠，是这十大绿化标兵之一。

说起王源楠，那还要从20世纪50年代讲起。

那时，王源楠从南平林校毕业后，便开始了绿化大地的生涯，先是在沙阳苗圃搞试验。因表现突出，又被林业局抽调到三明市林业中学负责教学与建设工作。

1963年，岩前林业站成立时，王源楠回到养育自己的大山中，努力实施绿化计划和林业科研项目。他认为要大力推动绿化荒山工作，就必须有优良的苗木，有好苗才能有好树。

因此，他千方百计争取资金，从无到有、从小到大地发展苗圃基地。后来，渔塘溪河套口5亩苗圃终于发出绿色的光泽，杉、松树苗儿使劲地生长着。

王源楠将全部心血倾注在苗木的试验上，在苗圃已发展成为150多亩，一年可为社会提供20多个品种、300多万株苗木的三元区重要苗木基地之一。

王源楠一直以绿化美化荒山为己任，针对当地实际，逐个山头奔波，制定荒山绿化规划，一边指导群众造林，一边提出"国家社队合作造林"设想，将群众造林未成功的山地划归林业站造林，走自我积累、自我发展的路子，用自己的示范作用带动群众造林。

改革开始，他不遗余力地向农民宣传"要致富，上山去种树"的意义。他深入乡村搞调查，跋山涉水搞规划，为林农的经济发展做导向工作。

此外，林业站是保护、发展森林、实施行业管理的工作站，又是普及林业科技的推广站，更是帮助农民兴林致富的服务站。

但林业站是靠国家拨款的纯事业单位，面对林区服务项目多、活动范围广而行政开支包干经费十分有限的状况，王源楠开始思索打破僵局的新思路。

他骑着那辆风雨中跟随他走遍千家万户的自行车，跑到各个村庄，向干部群众宣传"国家社队合作造林"的设想，积极实践他设计的宏伟蓝图，将群众不愿意造林的那些荒山承包下来，大力营造站有林。

从20世纪60年代中期到80年代末的20多年间，王源楠带领林业站员工造林不止，每年所造林木均达数百亩，同时采取高标准、高质量、集约化经营。

此后，站有林达到1.1万亩，森林蓄积量达13万立方米，已生产木材1.1万立方米，收入300多万元。

站有林的示范推动了岩前乡村集体造林事业的蓬勃发展，促进了林业科技进步，大大加快了荒山造林绿化的步伐。同时，又积累了资金，为林业站今后高质量地开展综合服务打下了坚实的基础。

近 40 多个春秋过去了,家乡的一座座"光头山"变成绿意葱茏的林海,一片片果园绿满枝头、硕果累累。

在王源楠的大力宣传和林业站的示范推动下,岩前全镇每年平均更新造林 8000 亩以上,最多时达万亩以上。36 万多亩林业用地已全部披上绿装,提前两年消灭了荒山。全镇森林覆盖率达 82.7%,拥有活立木蓄积量 210 万立方米;全镇人均拥有林木达 106 立方米;实现连续 16 年没有森林火灾的好纪录。

全镇农民林业股份大大增加,每年从大山的"绿色银行"中,可以支取总收入的三分之一甚至一半,人均林业经济收入达 1300 元。

他所营造的 1 万多亩站有林,其活立木量价值可达数千万元,主伐时可创造高达亿元以上的经济效益。还有千亩果园已经挂果,150 亩苗圃苗木茁壮,400 亩树木标本园生机勃勃,3000 亩毛竹林泛着碧浪……

王源楠几十年如一日地求索、奋斗、创业,都源于那个"绿色"的诱惑、那个献身绿色事业的心愿。然而,由于长期忙于山头,生活条件差,早在 1987 年,王源楠便积劳成疾,住进医院。他的病被医生确诊为直肠癌。

面对病魔,他泰然处之,并以钢铁一般的意志战胜了死亡的威胁。在医院刚为他切除病变肠子才 10 多天,他便在床上开始设计开发果园的蓝图。

一个月后,王源楠就溜出医院,奔波在林地山场。因劳累过度导致并发症,王源楠出院不到半年又再次进医院动手术。

手术后，王源楠放弃了调进城里工作的机会，留在基层，一边听从医生指导，定期进行化疗，一边坚持工作，坚持上山绿化，用顽强的意志与病魔展开抗争。

为了探索绿化荒山与引导农户脱贫致富有机结合的路子，王源楠先后承担了20多项林业科研实验。他有17项林业科研成果分别获国家、省、市奖励，其中ABT生根粉推广应用获林业部、国家科委一等奖。

后来，王源楠虽然过了退休年龄，但仍留任林业站党支部书记，又负责进行花卉组培苗的攻关。

他穿着白大褂，在试验室内精心研究花卉的生长发育状况。经过一段时间的奋斗，王源楠成功地培育出蝴蝶兰、文心兰、大花惠兰、石斛兰、百合、金钱莲等10多个品种的组培苗。这些花卉品种试验成功，为农民致富奔小康又寻到了新的经济增长点。

由于王源楠的突出贡献，1999年12月，省林业厅发出《关于在全省林区系统开展向王源楠同志学习活动的通知》。2000年4月，中共三明市委作出《关于在全市开展向王源楠同志学习活动的决定》。

2002年5月，王源楠正式退休，但为了他的绿色梦想，他自筹资金创建了30多亩苗圃基地，并培育出30多种珍稀树种苗木及花卉，继续向林农推广、提供优良绿化树种苗木及花卉。同时，无偿为林农提供技术咨询服务，让林农快速获得经济效益。

牛玉琴将荒漠变成绿洲

1999年8月4日,全国绿化委员会在人民大会堂,隆重召开了全国十大绿化标兵表彰大会。陕西省靖边县东坑镇农民牛玉琴出席了大会,她被评选为全国十大绿化标兵之一。

20多年来,这个普通的农家妇女,凭着战胜沙害的坚强信念,在毛乌素沙漠南缘的茫茫沙海里植树近2000万株,将7300多公顷荒沙变成了绿洲,将风沙逼退10多公里,被誉为"治沙女杰"。

从"一棵树"到2700万棵,从11万亩茫茫荒沙到林草覆盖率达80%,陕北治沙英雄牛玉琴创造出惊人的奇迹。国家林业局拨专款,在她的院子里修建起"牛玉琴治沙博物馆"。

"全国十大绿化标兵""全国三八红旗手""全国治沙英雄""全国劳动模范""联合国优秀林农奖"……从牛玉琴所在的陕西省榆林市、靖边县到联合国,她共获奖46项,成为获奖最多的中国农民。她还是全国十届人大代表、党的"十七大"代表。

面对这些荣誉,牛玉琴却说:

我治沙种树,不是奔着这些荣誉去干的。

最初就是为了吃饱肚子，摆脱贫困。把荒沙治绿了，党和人民肯定我，给了我这么多荣誉。其实，这是我的责任，我要当好致富的带头人，沙漠绿化的带头人。

说起牛玉琴治沙的成就，那还要从1982年说起。

那时，靖边实行包产到户的生产责任制，她家只分了些沙边地。牛玉琴和丈夫张加旺先用架子车拉来好土盖在沙漠上，然后施肥种粮。但肆虐的西北风有时一夜就能把改良好的地覆盖成沙漠。

为了挡沙，两口子试着在地边种了几棵树苗，没有想到全部成活。对此，牛玉琴喜出望外，将她的地边全部种上了树，树长起来了，沙挡住了，庄稼丰收了，做饭用的烧柴也有了。

1983年，她又在地上打主意，沙漠上可以栽活树，而种树有多种收益。但是，她不敢栽，怕政策变。

1984年冬天，靖边县决定将全县的荒山荒沙划拨到户，承包治理。牛玉琴和丈夫商量，咬咬牙承包了1万亩荒沙，开始一棵棵地种树。

1988年丈夫因病去世，但牛玉琴并没有倒下，她带领3个儿子和儿媳及孙子，继续植树治沙。后来又承包了10万亩荒沙，并将它们全部披上了绿装。

牛玉琴是中国妇女的骄傲，但她是"富林子、穷劳模"。她的11万亩林子价值已愈几千万，生态效益更是不可估量。

其实，在最初的时候，淳朴的牛玉琴仅仅是想把沙堵住，让沙子不再来压庄稼苗，这样就能吃饱肚子，这样开始了家庭承包植树种草。而这却使她走出了"人进沙退"的第一步。

20多年来，牛玉琴在极端困难的情况下，累计投资860多万元，植树2700多万株，种灌木4000亩，搭障蔽900多万米，使11万亩荒沙得到治理，林草覆盖率达60%至80%。

在牛玉琴成了全国治沙劳模后，为支持全村人治沙，她将自己培育的万株树苗无偿支援给乡亲们。她又在省里争取了19万元资金，为金鸡沙村架通了高压电。

牛玉琴组织本村农民打机井30眼，改造了3000亩水灌田，使本村农民人均收入大大增加。她又向水利部门争取资金5万元，为金鸡沙村32个村小组安装了自来水。

牛玉琴还个人投资30多万元，搞起了移民工程，将山区的24户特困户移到本村，她为移民平整了水地，实现了水、电、路三通，让24户移民加入了她的治沙行列。同时，她为本村380多户村民安装了电话。

治沙使牛玉琴债台高筑，但她育树不忘育人。她说：

沙区人苦，苦在有沙；沙区人穷，穷在没文化。

于是，在生活刚刚有点好转时，她便拿出了家中仅有的1万多元，又向银行贷款1万多元，建起了"旺琴小学"8间校舍，使周围的孩子都能够就近上学。

接着，她又多次上省城争取到190万元资金，修建起了2600多平方米的乡级一流中学。牛玉琴将林地作为德育教育基地，每年植树季节，都要带领全校师生去沙漠植树造林。

金鸡沙村到东坑乡的那条12公里的烂路，成了牛玉琴的心病。每年乡亲们都眼睁睁地看着收获的玉米、土豆而发愁，运输的拖拉机常常陷入沙土中动弹不了。

牛玉琴决定利用她的影响力，要钱修路。她上到北京国家林业总局，下到陕西省委、省政府、省林业厅，榆林市委、市政府以及县委，"募捐"到500万元钱。终于修出了一条12公里长的柏油路，为当地五村一场的两万多农民打开了致富通道。

2002年，江泽民和朱镕基分别到陕北考察工作，听说她的事迹后，派专人前去接她，亲切接见了她。当时的国家副主席胡锦涛，也在中南海亲切会见了全国"十大优秀共产党员"牛玉琴。

她的故事，被拍成电影《一棵树》和电视连续剧。

牛玉琴不仅仅为11万亩荒沙披了绿，更重要的是，她那"狂风吹不倒，苦难压不倒"的精神，感动了中国。

她无言的举动，带动了身边一大批农民。于是，在牛玉琴的带动下，家家开始治沙，而且越来越多的农民走进了治沙队伍。

王树清建设护城林网带

1999年8月4日,全国十大绿化标兵之一的黑龙江省拜泉县县委书记王树清,出席了全国十大绿化标兵表彰大会。

说起王树清,那还要从1981年讲起。这一年,王树清担任了拜泉镇党委书记。他向县委立下军令状,用5年时间建成护城林网。

有人劝他:"前人栽树,后人乘凉,5年时间你干啥不比栽树出政绩?"

王树清不为所动,义无反顾地投入到绿色事业。起初,有些农民觉得种树占地、费工、费钱,动辄把挖好的树坑填平、栽好的树苗偷偷拔掉,王树清就带人再栽一遍。

为了护树,有时他就在地里过夜。一次,王树清正领人栽树,忽然来了一群人,其中一个举着镐要刨树。

王树清怎么劝都不行,情急之下大声吼道:

你们要刨树,先刨我王树清!

来的人终于放下了镐头,小树得救了。

经过4年苦战,王树清和全镇干部群众植树56万株,提前一年建成了全长 90 公里的护城林网,光秃秃的县城终于变绿了。

1984 年,王树清升任拜泉县副县长。三道镇利华村是他抓造林的一个点。他给自己定了一个目标,每个村民栽多少树,他就栽多少树。

在王树清的带动下,两年后利华村面貌大变,林成网,田成方,绿树绕村,成为全县的植树样板村。

1986 年,担任县委副书记的王树清提出,建设以林业为主体的生态农业设想,并正式写进县域的经济发展规划。

王树清担任县长、县委书记后,下乡植树的习惯仍然没有变。他抓植树质量从不含糊,水浇得足不足,坑挖得够不够深,他一眼就能看出来。走到哪儿,他一停下,准是质量有问题了。

可以说,此时的拜泉虽然没有一个专职护林员,但却没有一个人偷砍树。

拜泉人都说,全县人民都是护林员,王树清是"一号护林员"。

他在全县推行树木管护责任制,哪个单位种的树就挂上哪个单位的牌子,写上责任人的职务和姓名。如果发现死树了,就对责任单位和个人进行处罚。

只要是他发现的问题,总是亲自处理。国富乡的樟子松容器种植法,可以把树木成活率提高到近 100%。

一次检查结束后,王树清不放心,试着拔出一棵,发现树根没有用容器袋。

于是，王树清便虎着脸，把乡党委一班人狠狠地批评了一顿，责令他们按要求重栽一遍。

1999年，民乐乡一条林带被毁。对此，乡党委书记为了逃避处罚，竟指使人就地掩埋树桩。

王树清下乡检查工作时发现了这一问题，于是便提请县委常委会讨论，并作出决定，给这位党委书记撤职和降级处分。

周兴仁开荒造林奉献终身

1999 年，全国十大绿化标兵之一的湖北省钟祥市磷矿镇农民周兴仁，12 年开荒造林 5500 亩，创造了价值 300 多万元的财富。他身患绝症，仍扶贫帮穷，无私奉献。

这个故事还要从 1983 年秋说起。

那时，周兴仁主动辞去磷矿镇前小河村窑厂和矿粉厂厂长职务，要求到华山观开荒造林。

每天清晨 4 时 30 分，周兴仁便和妻子扛上镐锄上山。他有腰疼病，时间一久，只能跪在地上挥镐舞锄。膝盖磨破了，血痂结了一层又一层，双膝磨出厚厚的老茧。为了节省开支，他挖树窝全凭一双手。

日复一日，30 厘米长的挖锄磨得只剩下 10 厘米，新买的铁锹用得像锅铲。

12 年里，周兴仁一共磨平了 112 把挖锄、铁锹和十字镐。

栽树不易，管理更难。祭祖坟是最难管的火灾隐患。周兴仁对华山观 280 个有主的坟墓一一登记造册，并挨家挨户提醒人们上坟时注意防火。

扫墓时节，周兴仁便带着老伴、孩子，把每座坟周围的茅草割光，再用喷雾器喷湿。

清明、除夕之夜，周兴仁一家人等所有扫墓人走尽，再仔细检查每座坟的火灾隐患，吹熄坟墓上一盏盏灯烛。在10多年的时间里，周兴仁和妻子没在家度过一个完整的除夕夜。

尽管周兴仁想尽办法防止山火，山火仍时有发生，12年来共发生山火12起，烧毁周兴仁的树林400多亩。为扑山火，他和老伴先后3次身负重伤。

1990年7月，周兴仁光荣加入中国共产党。周兴仁跟老伴商量："如今我是党的人了，共产党员心里要装着别人，村里那些困难户，咱不能眼睁着不管哪！"

随后，周兴仁先后收留了一批困难户，扶持他们走出一条种养结合、垦荒造林的致富路。

10多年来，周兴仁开荒造林共开支5.7万元，可他从没卖过一棵树，而是靠开荒种地、喂养牛羊的收入及贷款，来维持一家人的生活和造林开销。

1994年7月，他查出了癌症，但手术钱还没着落。债主听说他得了癌症，怕人死债灭，纷纷登门讨债。

老伴流着泪说："兴仁哪，救命要紧，咱就卖点树渡过眼前的难关吧。"

而周兴仁还是那句老话："不能卖树！"

儿子实在看不过："爹，啥年代了，社会的价值观都变了，你还这样跟自己过不去，谁理解你？"

周兴仁说："不管社会价值观咋变，共产党无私奉献的本色不能变。"

最后，周兴仁只得卖掉换油吃的 100 公斤芝麻、250 公斤口粮，卖掉了 15 头牛、30 只羊，还了一部分债，凑足了 2000 元到市人民医院住院。

可是，医院规定要收 3000 元押金。周兴仁犹豫半天，只好掏出"钟祥市十杰党员"荣誉证书，颤抖着递给医生："大夫，我眼下实在拿不出钱，用这个作担保，行不行？"

"您就是造林英雄周兴仁？了不起！"医护人员肃然起敬，破例只收 1500 元押金，优先给他做手术。

要上手术台了，周兴仁对妻儿反复叮咛："我这病不轻，如果死在手术台上，你们一定要记住我的话，山上的树是留给后人的，一棵也不准卖。治病花的钱，想别的办法还。不然，我死不瞑目！"

手术成功了，周兴仁重返华山观。与此同时，周兴仁的事迹在湖北农村也引起了强烈反响。

钟祥市委号召全市党员和百万人民向周兴仁学习，发扬周兴仁艰苦奋斗、无私奉献的精神。

钟祥市委和市政府为这位普通农民竖起一座功德碑，称赞他是当代农民的光辉典范。

马永顺发誓要让青山常在

1999年8月4日,黑龙江省铁力林业局退休工人马永顺被评为全国十大绿化标兵之一。

他原本是东北林区的伐木工人,在绿化建设中尤为突出。

1948年冬季,他一个人完成了6个人的伐木量。1951年加入中国共产党,后任铁力林业局依吉密林场主任、铁力林业局副主任。

在20世纪50年代,马永顺曾创造安全伐木法、四季锉锯法、流水作业法,在全国各林区推广应用。先后11次被评为黑龙江省、东北森林工业总局劳动模范。1956年、1959年两次出席全国先进生产者代表会议。

马永顺一生中获得过许多荣誉称号:"伐木能手""林海红旗""森林巨子""当代愚公"。

早在1959年全国群英会上,马永顺就受到了周恩来的亲切接见。

周恩来问:"马永顺同志,你今年多大年岁呀?"

"总理,我46岁。"马永顺兴奋地回答。

周恩来朗声地笑道:"46岁,还是小伙子嘛,你是来自东北林区的劳动模范,你们林业工人是很辛苦的……你们不光要多出木材,出好木材,同时还要多造林,青山常在，永续利用！"

马永顺决心用自己的实际行动，为促进"青山常在"贡献力量。

从 1960 年开始，每年春天造林季节，马永顺每天清晨上山，赶在正式上工前和下班后的时间植树造林。中午休息时，他也抓紧多栽几棵树。

有一年，马永顺在鹿鸣林场造林，踩着一根倒木过一条小河时，脚下一滑掉进河里。他被水冲出 10 多米远才拼命游到对岸，手里拎着的一条装满树苗的麻袋却没撒手。

具有高度责任感的马永顺，不仅积极造林，还认真护林，看到树苗受到损坏，就像伤了他的心肝肺似的，立即采取保护措施。

一次，马永顺乘车外出办事，途经建设营林所南山，想起一年前在这里栽了 200 多棵树苗，就让停下了车。

他上山一看，林地被挖了一个大坑，50 多棵落叶松被修路挖土给毁坏了。他既心痛又气愤，回到铁力，立即找到局长说明情况，制止了修路毁林的现象。

马永顺说：

我已向大山许了愿，只要身子骨不散架，就要上山造林。

每年，马永顺不仅亲自带领全家人上山造林，别的林场造林，只要他知道了也都赶去参加。这些年，他亲手在林场造的林子就有 300 多亩。

在他的精神激励下，马永顺所在的林场累计造林 1000 多亩。"青年林""三八林""红领巾林""个体林""奉献林""老有所为林"遍布山脚、山坡、山头。

谈起森林资源减少，生态失去平衡时，马永顺心里就隐隐作痛。

1991 年夏，大兴安岭林区发生了百年一遇的特大洪灾，直接经济损失 5 亿元之巨。马永顺感悟到，人类不能总是向自然索取，应该把向自然的索取还给自然，以维护生态系统的平衡，维护自己的生存空间。

他常说："可不能吃祖宗的饭，造子孙的孽呀！"

马永顺望着一片伐光了的远山，感慨地说：

> 虽不能要伐木工负责，可我总觉得我多伐木既是贡献，也是欠下了大山一笔"账"呀。
>
> 我以前采伐了 3 万多棵树，今后我要上山栽树，还上这笔"账"。

自 1960 年，马永顺 40 多年种树不止。1991 年，马永顺已是 78 岁高龄的人了。他掐指算了一下，还差近千棵树没有还上过去的采伐"欠账"。

这年春节，马永顺开了一个家庭会议，动员全家每年都要跟自己上山造林。

1991年5月1日，马永顺带领一家三代18口人组成马家军，来到荒山坡上植树造林。

经过全家人的努力，在荒山坡上栽下1500多棵落叶松树苗。马永顺栽树的数量超过了他过去的砍伐数量，他多年的愿望终于实现了。

1998年8月31日，朱镕基在东北灾区进行考察，他在会见全国劳动模范马永顺时说：

> 我这次来东北，看到这么大的洪水，就想起了马永顺同志。
>
> 你这一辈子干了两件好事。当国家建设需要木材的时候，你是砍树劳模；当国家需要保护生态环境的时候，你是栽树英雄。我们都要向你学习。

此后，到1999年，全家人在荒山上栽植树苗已达5万多棵。

刘士和争做生态建设者

1999年8月4日,被评为全国十大绿化标兵之一的刘士和,是内蒙古自治区敖汉旗林业局局长。

组织上决定让刘士和担任敖汉旗林业局局长,那还是1993年8月。

刘士和皮肤黝黑,比较随和,给人的感觉十分憨厚老实。他多年在基层林业部门工作,参与防沙治沙和植树造林工作。

在上任之初,刘士和深知自己责任的重大,他问自己:我没真正从事过林业工作,这个担子,能挑起来吗?

他的担心不是没有道理,进入90年代的敖汉旗林业工作有了长足的发展,已获得"全国林业建设先进县"、"全国治沙先进县"、"三北防护林一期工程建设先进单位"等荣誉。怎样才能使敖汉的绿色事业更加出色呢?在发展林业过程中,刘士和始终坚持科技造林先行,注意科技造林和林业技术推广。

刘士和经过调查研究,确定了四大主攻方向:消灭荒山、绿化荒滩、开发荒沟、治理荒沙。

刘士和知道,在这短短的16个字后面,将面临巨大的压力!

但是,从小就和父辈们一起饱尝风沙、水土流失之苦的刘士和狠下心来:"植树造林,让敖汉绿起来!"

在敖汉旗任林业局长期间,刘士和不断创新,始终保持高昂的斗志,为消灭荒山、绿化荒滩、开发荒沟、治理荒沙付出了很多汗水和心血。同时,他和林业工人一起带饭在沙地上吃,过起了"一口干粮一口风,一口凉水一口沙"的工地生活。

一天造林下来,嘴里、鼻孔里、耳朵里、头发里、衣袋里全是沙子。

当时流行的一句玩笑话是林业工作者的真实写照:"远看像要饭的,近看像烧炭的,到跟前一看,原来是林工站的。"

正是这股对工作的热情,为赶工程进度,使得刘士和在家人生病的情况下,都顾不上到家中探望,依然坚持工作。

经过几代人前赴后继的努力,几十年如一日地与风沙干旱的顽强的抗争,大力实施造林种草、围封禁牧、流域治理、水源工程配套等综合治理措施,林业生态建设取得了巨大成就,终于使青山变绿、水源净化,遏制了沙化。

对此,刘士和说:

> 为祖国绿化事业做工作,这是造福子孙的大事。

● 绿化标兵

到 1999 年末，敖汉旗变得山清水秀，如同换了人间，受到世界的瞩目，被联合国评为"全球生态建设五百佳"。刘士和也获得了"全国十大绿化标兵""全国林业科技先进工作者"等荣誉称号。

2000 年，刘士和调入赤峰市林研所，任林业科学研究所党委书记、所长、副研究员。

他长期工作在林业生产、生态建设和科研一线，具有极强的事业心、责任感和创新意识，是一个生态文明践行者。

在刘士和的带领下，赤峰市林研所全体科技人员深钻细研、埋头苦干，科研积极性和自主创新意识空前高涨，为赤峰市的生态文明建设作着积极的贡献。

他大胆改革，强化管理，将该单位建设成为内蒙古自治区在 2001 年全国林业科技大会上唯一受表彰和奖励的科技工作先进集体。

刘士和参加的诸多科研项目，多次获得国家、自治区和市、厅级奖励，有的科研成果还填补了区内空白。

到了 21 世纪，赤峰市的生态环境和人居环境都得到了极大的改善。

据赤峰市新中国成立以后气象资料显示，赤峰市年平均沙尘数比历史平均低 89.3%，平均风速每秒降低 0.52 米，沙尘暴天数下降 60%。过去风沙弥漫的赤峰，如今已成为全国十佳卫生城。

面对成为卫生城的赤峰市，刘士和说："现在我们越来越多地看到，赤峰人加入保护家园、保护生态，实现生态立市的行动中来。老百姓已经真正认识到了人与自然必须和谐发展，保护环境就是为自己的生活、发展创造条件，为子孙后代留一条生路，这是好事。"

  2008年，刘士和成为奥运火炬手后，他说："我是一名林业科技工作者，能成为奥运火炬手，我感到非常自豪。我将高举奥运火炬将伟大的奥林匹克精神和人类文明，传遍祖国，传遍全球！北京奥运是伟大的中华民族的骄傲，让我们共同努力，办好绿色奥运，促进生态文明。"

温茂元用科技营造示范林

1999年8月4日,被评为全国十大绿化标兵之一的温茂元,是海南省桉树技术推广总站副研究员。

温茂元1964年毕业于华南热带作物学院,毕业后在华南热带作物科学研究院工作。1992年1月,调入海南省林业局省桉树技术推广总站工作。1993年到2002年主持国际科技合作项目"热带人工林营造示范区"任项目组长,获得农业部、林业部一、二、三等奖共7项。

早在1998年,温茂元应用扦插技术,引种国外速生高产的桉树良种,建立相当规模的示范林和示范中心苗圃。

儋州林场位于海南的西部沿海,大片示范林,挺拔美观。其中于1994年第一批营造的示范林,树高已有15米多,树干笔直白中带青绿色,高入云天,树干的平均直径已达11.5厘米。

而在示范林对面就是一大片儋州林场原来种植的普通桉树,已10多年了还是"小老头树",树干曲里拐弯,直径不足10厘米,平均树高不到14米。

此项目的负责人就是温茂元,对此,他说:"示范林平均每年一亩至少可生产1.5立方米木材,而一般的桉树林平均每年只生产0.6立方米木材。由于桉树是制造纸浆的优质原料，历年来过度的砍伐破坏了森林资源。现在示范林的成功，展示了桉树人工林大面积速生高产的前景，既可多产木材满足市场需要，同时又减少了对热带天然林的砍伐压力，为热带森林的持续发展和永续利用走出了一条切实可行的路子。"可以说，这一项工作在海南已取得突破性进展。

这个项目是由国际热带木材组织资助、由海南省林业局和中国林业科学院具体实施的。自1994年正式立项以来，进展迅速，现已建成两万多亩热带人工示范林。与之相配套的是一个年生产能力300万株苗木的示范中心苗圃，已扦插繁殖出尾叶桉、赤桉、细叶桉、杂交桉、刚果12号桉等15个优良树种42个无性系。

1997年12月下旬，国际热带木材组织组织了60多位各国林业专家来儋州示范区考察，专家们惊叹于这里取得的惊人成绩，并给予了很高的评价。

苗圃由9个作业区组成，实施取枝、扦插、移苗、容器和基质加工、基因保存等一整套桉树枝条扦插繁殖的新技术。其中，扦插大棚和容器的改良、扦插基质和生根剂的新配方等，都属于突破性的。它改变了扦插的常规方法，使桉树扦插的生根率从原来的70%左右提高到90%以上。

温茂元精心种植的一大片桉树林，特别漂亮，里面的几万株刚果12号桉树，几乎长得一样刚直挺拔和粗壮。

原来它们都是"克隆"于同一株，由温茂元精心选育的长得最好的植株，温茂元取它的枝条建成采穗圃，用扦插方法繁殖了一批又一批，共有几十万株。

2005年6月21日，温茂元在参观儋州、昌江、临高等地的桉树种植示范点时，说，他曾经对全省的桉树作过一次调查，"桉树林下不长草"的提法并不准确，全省的桉树林地只有约5%不长草。

海南于1917年引种桉树，已有80多年栽培种植历史。经温茂元等人调查发现，桉树林下植被类型有四种：其一，桉树与小乔木、灌木、草本、藤本植物伴生的植物群落，这类占50%以上；其二，桉树与小灌木、草本植物伴生的植物群落，这类型占30%以上；其三，桉树与草本植物伴生植物群落，这种类型占15%；其四，桉树林下长草很少或不长草，这种类型约5%。

温茂元曾经到多处实地调查，大部分桉树林下是生长植物的。他在临高县波莲乾彩管理区干校坡公路两侧调查，这里1985年营造隆缘桉速生丰产林，林下生长着30多种植物，植被覆盖率有80%。

就是这样，温茂元在他的科研领域，为国家的绿化建设作着自己的贡献。

张正东坚持与树木相伴

2007年3月,荣获"全国造林绿化标兵"称号的张正东,在人民大会堂受到国务院总理温家宝的亲切接见。

全国造林绿化标兵、临泽县林业局副局长张正东扎根林业战线15年,与风沙抗争,与树木相伴,用青春和汗水谱写着一曲永不褪色的播绿之歌,被老百姓喻为瀚海播绿舟。

在北京开完会的时候,参会人员有的去了长城,有的去逛故宫、公园,而张正东直接回到造林绿化现场。朋友们说:"你傻呀,出去了干吗不好好玩几天再回来。"

可他却说:"现在正是造林的最佳时节,如果错过了,成活率就无法保证……"

可以说,他整天奔波在造林现场,想得最多、做得最多的就是确保每一棵苗木栽下去就能成活。在林业战线时间长了,张正东和树木的感情也越来越深,他觉得每一棵树就是一个生命,就像自家的娃娃一样,树木在生长,它是有感情的。

有时候看到一些树木因为管护不当导致死亡,张正东的心里也像针扎了一样难受;同样,看到自己亲手参与栽植的树苗一棵棵长成绿海一样,对他这个林业人来说,自然是莫大的欣慰。

位于扎尔墩滩的 5000 亩红枣长廊，是当年临泽县实施的一个大型造林绿化项目。项目划分给一些私营业主实施，由县林业局具体负责规划、设计、现场监理、技术指导等工作。从前一年的 9 月以来，张正东几乎每天都要来这里一次。

私营业主刘德山对张正东充满了感激："人家张局长和我们造林工人一起干活，一起栽树，如果没有他的技术指导，恐怕我们栽的树活不了多少。"

张正东相继负责完成了退耕还林、三北防护林、重点公益林、防沙治沙、湿地保护等多项林业工程。

张正东的踏实、敬业与干劲被周围的人看在眼里，记在心里。县林业局林果中心主任窦长军说："张局长吃苦精神比较强，不论是什么工作、什么时候，他都能和我们一起工作，坚持在造林工程的第一线。对所有的事情都能亲自到现场上考察，得到第一手资料。"

县林业局工人雷小英说："他代表着我们林业群体的一种愿望，我们身边能有这样好的领导，都比较心服。"

在新中国成立初期，临泽县森林覆盖率不到 5%。到 2007 年，该县森林覆盖率已达到 12.6%。大规模的造林绿化使昔日黄沙翻飞的不毛之地，变成了一片片绿洲，县境内已呈现出沙退人进的喜人局面……

在这些成绩里，还有无数个像张正东这样信念坚定的林业工作者的无私奉献与执着追求，我们的热土才会变得如此绿荫葱茏。

本书主要参考资料

《绿风浩荡》 全国绿化委员会办公室编 中国林业出版社

《绿化神州》 全国绿化委员会办公室编 中国林业出版社

《绿色之光》 全国绿化委员会办公室编 中国林业出版社

《植树造林基础知识》 葛维桢主编 高等教育出版社

《生态文明理论构建与文化资源》 严耕 林震 杨志华主编 中央编译出版社

《植树造林与生态建设》 李昌鉴主编 王春峰等撰稿 中国农业出版社

《生命·青春·奉献：陕西青年植树造林资料专辑》 共青团陕西省委青运史研究室编 陕西人民出版社